シュガーアップル・フェアリーテイル

銀砂糖師たちの未来図

三川みり

18999

角川ビーンズ文庫

CONTENTS

シュガーアップル・フェアリーテイル
銀砂糖師たちの未来図

シュガーアップル・フェアリーテイル

STORY&CHARACTERS

妖精
ミスリル

戦士妖精
シャル

銀砂糖師
アン

妖精
エリル

妖精
ラファル

妖精
ベンジャミン

砂糖菓子職人
キース

銀砂糖師
キャット

今までのおはなし

王国に幸福を招くため、そして恋人である妖精シャルとの約束を果たすために、職人達と力を合わせて砂糖菓子を完成させた銀砂糖師アン。砂糖菓子は、あらゆる人々の願いを受けて輝き、王国中に溢れんばかりの奇跡をもたらした。
これは——そんな砂糖林檎を巡る幸福なお伽噺《フェアリーテイル》。

砂糖菓子職人の3大派閥

3大派閥……砂糖菓子職人たちが、原料や販路を効率的に確保するため属する、3つの工房の派閥のこと。

銀砂糖子爵
ヒュー

ラドクリフ工房派
工房長
マーカス・ラドクリフ

マーキュリー工房派
工房長
ヒュー・マーキュリー
（兼任）

ペイジ工房派
工房長
グレン・ペイジ

砂糖菓子職人
ステラ・ノックス

工房長代理　銀砂糖師
ジョン・キレーン

工房長代理　銀砂糖師
エリオット

砂糖菓子職人
キング

砂糖菓子職人
ナディール

職人頭
オーランド

工房長の娘
ブリジット

口絵・本文イラスト／あき

リバース

シャル。シャル。

誰《だれ》かに呼ばれている。

シャル・フェン・シャルは、それだけを感じていた。

真っ暗闇《くらやみ》で、自分の体の形すらあやふやで、意識とは呼べないほど、ぼんやりと微《かす》かな思考の断片《だんぺん》があるだけだ。

けれど自分を呼ぶ、その声だけは聞こえる。その声は音として聞こえるわけではないのだが、妖精《ようせい》が、自分の名前の響《ひび》きを感じるのに似ていた。声質さえも分からないのに、自分を呼ぶのは、柔《やわ》らかく愛らしい女の子の声だと分かる。

自分を呼ぶのが誰なのかは、わからない。

誰かに呼ばれながら真っ暗な空間に漂《ただよ》う感覚を、シャルは知っていた。ずっと昔、自分が形になる以前、生まれる前に感じていたものとそっくりだ。

――生まれる、前？

微かで断片的だった思考がゆっくりとまとまって、意識になる。

――ということは、今俺は、生きているのか？

ようやく意識と呼べるものが、生まれた時だった。

「起きろ！」

いきなり脇腹《わきばら》を蹴《け》り上げられて、あまりの痛みに呻《うめ》き声が洩《も》れた。その痛みで、ようやくシャルは自分の体の形を認識《にんしき》できるほどに覚醒《かくせい》した。

目を開くと、濡《ぬ》れた草葉と湿《しめ》った地面が見えた。そしてそれを踏《ふ》みしめている、傷だらけで、履《は》き古された革《かわ》のブーツの爪先《つまさき》も目に入る。頬《ほお》には、濡れた土の感触《かんしょく》がある。自分は、誰かの足元の地面に倒《たお》れこんでいるらしい。川のせせらぎが聞こえるから、川岸なのだろう。

「駄目《だめ》だよ、ねぇ。駄目だよ。デリック。怪我《けが》をしてるみたいじゃないか」

最初の粗野《そや》な男の声とは別の、おどおどした少年の声が聞こえた。そしてその声の主とおぼしき手が、シャルの肩《かた》に背後から触《ふ》れた。

その途端《とたん》、本能的にシャルは飛び起きようとした。だが上体を起こそうとした瞬間《しゅんかん》に、全身に鈍《にぶ》い痛みが走り、さらに脇腹が激しく痛み、それ以上動けなかった。

脇腹を庇《かば》いながら上体を起こし、シャルは自分に触れようとした少年と、もう一人の男に素《す》早《ばや》く目を走らせた。

額から幾筋《いくすじ》も滴《しずく》が落ち、顎《あご》を伝って滴《したた》り落ちる。どうやらシャルはずぶ濡れらしく、身につけている衣装《いしょう》も、水を吸っていて体にまといつく。不快だ。

だがそんな不快さを、云々《うんぬん》言っている場合ではない。目の前にいる二人が何者か、分からなかった。脇腹を押さえると、傷がある。命の源である銀の光が、そこからわずかではあるがこぼれ続けている。

——この傷は、彼らがやったのか？　いや、……違《ちが》うのか？

ブーツの男は腕組《うでぐ》みして、不機嫌《ふきげん》そうにシャルを見おろしている。頰から顎にかけて無精髭《ぶしょうひげ》を生やしているが、存外に若い。まだ二十代前半だろう。垢《あか》じみた革のベストとブーツ。太い眉《まゆ》と、獲物《えもの》を絶え間なく探すような、大きくて光の強い目が、粗野な感じだ。

もう一人は痩《や》せていて、背の高い少年だ。着古したシャツとズボンを身につけ、腰《こし》には紐《ひも》で編んだ、奇妙《きみよう》なベルトを着けている。彼はシャルの前にかがみこみ、シャルの方に手を伸《の》ばしていた。大きなくるりとした目が、草食動物を思わせる。

——妖精狩人《かりゅうど》か？

ブーツの男の腰に、古びた、大ぶりな剣《けん》がある。彼らが何者かは分からなかったが、シャルはとりあえず逃《に》げる方法を探して、目を左右に走らせる。

彼らには、仲間がいるわけではなさそうだ。ということは相手は二人。痩せている少年の方は、戦闘《せんとう》能力はたいしたことがなさそうだ。注意が必要なのは、ブーツの男一人。

この程度の相手ならば逃げきれるはずだと、感覚的に分かる。

だが今の自分の体の状態は、ひどそうだ。脇腹に深い傷がある。その上全身を激しく打ちつけたように、あちこちが痛む。上体を起こしているのでさえ、やっとだ。逃げられない。

内心歯がみしながらも、どうにか出来ないものかと、攻撃《こうげき》しやすそうな痩せた少年の方に目を向けた。意外なことに、彼は微笑《ほほえ》んでいた。

「怖《こわ》くないよ。大丈夫《だいじょうぶ》だよ。俺は何もしないよ」

彼は、傷ついて怯《おび》える野生動物をあやすように、静かにゆっくりと語りかけてきた。

──なんのつもりだ、こいつ。

気弱そうな笑顔《えがお》を、警戒《けいかい》して睨《にら》みつけていると、

「カーシー。そんなまどろっこしいことする必要ない」

ブーツの男が苛立《いらだ》ったように少年を押しやると、押された少年は体の均衡《きんこう》を崩《くず》し、湿った地面に尻餅《しりもち》をつく。

「だめだよ、怪我してるのに、デリック」

「うるさい、黙《だま》れ」

デリックと呼ばれた男は、シャルの胸《むな》ぐらを摑《つか》む。

「おまえの片羽はどこだ？　素直《すなお》に出せば、痛い目にはあわせないでいてやる」

揺《ゆ》すぶられ、傷が痛み、シャルは歯を食いしばる。しかし問われたことで、今まで気がつかなかった疑問が一気に自分の中に吹《ふ》き出した。

──羽？　俺の羽は……どこだ？

背中には、一枚の羽しかない。片羽がない。

――俺の片羽はどうした？　こいつらは何者だ？　ここはどこだ？　俺は、ここで何をしている？　なぜここにきた？

自分の名前は知っている。名前は響きなので、自分の中にある響きを感じ取れば、自分の名前を知ることが出来る。けれど自分が、今、この瞬間生まれたのか、もしくは生まれて様々に彷徨《さまよ》ったあげくにここに辿《たど》り着いたのか、それすらもわからなかった。

何もわからなかった。

そのことに気がついた途端に、混乱した。

――なぜ。俺は？　なにをしていた、今まで？

傷の痛みも忘れる程《ほど》に啞然《あぜん》となり、揺すぶられるままになり、目を見開く。嚙《か》みつくように脅《おど》す男の声すら、一瞬《いっしゅん》遠く感じるほどの衝撃《しょうげき》だった。

「ねぇ、デリック。やめて。様子がおかしいよ。放してあげて、ねぇ」

「黙ってろ、カーシー。いいんだよ、俺に任せとけば。おい、おまえ。答えろ。羽はどこに隠《かく》してるんだよ。出せ」

「デリック。やめてあげて」

「出せって！」

何もわからない。しかしシャルに対して、命に等しい羽を差し出せという、この人間の傲慢《ごうまん》さはよくわかる。今、唯一《ゆいいつ》わかっていることに、シャルの意識はすがりつくようにして正気に戻《もど》る。それは同時に、怒《いか》りが沸《わ》きあがることだった。

――人間が……！

怒りが爆発《ばくはつ》する直前だった。いきなりデリックが横っ飛びするようによろけ、そのまま尻餅をつく。尻餅をついたデリックは、驚《おどろ》いたらしく、口をぽかんと開けている。

シャルも、目を丸くした。

さっき突《つ》き飛ばされて尻餅をついていた痩せた少年、カーシーが跳《は》ね起きて、デリックに体当たりを食《く》らわせて、今度はデリックに尻餅をつかせたのだ。

カーシーはデリックの驚いた顔を見て、慌《あわ》てたように、おろおろと言う。

「あ、あ、ごめん。デリック。でも怪我してるのに、ひどいことしたら死んじゃうから。駄目だよ。だから、ね。俺が連れて行くよ。まずは傷を治してあげないと。そうだよね。デリック」

「おまえ！」

眉を吊《つ》り上げて膝立《ひざだ》ちになったデリックに、カーシーは肩をすぼめて、首を縮めて怯える風だった。しかし、口だけは動く。

「ごめん、ごめん。デリック。ごめん。だけど、だって。殺したいわけじゃ、ないでしょう？　お願い。お願い」

怯えながらも必死に言葉を続けるカーシーを睨みつけていたデリックは、暫《しばら》くすると、諦《あきら》めたようにため息をついた。

「まったく、なんなんだよ。おまえ」

愚痴《ぐち》とも罵倒《ばとう》ともつかないような呟《つぶや》きと共に、デリックは立ちあがった。

「わかったよ、好きにしろよ。おまえの言うことも、一理あるしな。死んじまったら、もともこもない」

カーシーは、ぱっと笑顔になる。

「ありがとう。ありがとう、デリック。よかったよ、よかった。デリックもいいって言ってるから、あんたの怪我を治そうよ。ね、おいでよ。手を貸してあげる」

シャルの前に跪《ひざまず》き、肩を貸そうとするように身を乗り出したカーシーを、シャルは反射的に威嚇《いかく》した。

「触れるな！」

人間は、妖精《ようせい》を追い詰《つ》め羽をもぎ取り、支配する。生まれる前から本能に近い知識で知っているその事実が、人間に触れられることを拒絶《きょぜつ》した。

親切らしいことを言っているが、結局この少年も人間の一人だ。親切だろうが、横暴だろうが、人間という生き物であるということが、シャルに嫌悪感《けんおかん》を抱《いだ》かせた。

怒鳴《どな》られたカーシーが、怯えるように動きを止めた。睨みつけてやると、彼はなんとも切なそうな目をした。

その目を見た瞬間《しゅんかん》だった。なぜか、どきりとした。その目の色を、どこかで見たような気がしたのだ。そしてふと、誰《だれ》かの言葉が頭に浮《う》かんだ。

『人間でも妖精でも、悪い奴《やつ》は悪い。いい奴はいいんだ』

誰が言った言葉か、思い出せなかった。けれどその言葉が頭に浮かんだ瞬間に、本能を燃料にして、胸の中で大きく燃え上がりかけていた人間への嫌悪感が、急激に冷えた。

そのことにシャル自身も驚いた。目の前で項垂《うなだ》れた少年が、わずかに気の毒にすら見える。

カーシーは項垂れながら、哀《かな》しそうに呟く。

「傷を手当てしようよ。死んじゃうから」

デリックが舌打ちすると、大股《おおまた》にシャルに近づいてきた。

「おまえ死にたいのか？　その怪我《けが》を放《ほう》っておいたら、妖精でも死ぬだろうが。手当てしてやるって言ってんだ。死にたくなきゃ、来いよ」

「……羽が、欲しいんだろう」

低く問うと、デリックが鼻を鳴らす。

「ああ、おまえの片羽を手に入れて、それと一緒《いっしょ》に売り飛ばしてやる。けっこうな拾いものだよ。けどな、カーシーの言うとおり、死んでもらっちゃ売れないから、手当てしてやるんだ。羽は手当てしながらでも、とっくり探してやる」

「げすめ」

囁《ささや》くように鋭《するど》く吐《は》き捨てると、デリックは悪びれもせず笑った。

「俺らは生きるために、何でもやらなくちゃならないからな」

嫌悪感が、再び沸きあがる。しかし彼らの言うとおり、脇腹《わきばら》の傷はかなり深い。このまま放置すればいずれ体力を奪《うば》われ、衰弱《すいじゃく》する。衰弱すれば、形を保っていられずに死に至る。

生き延びるためには、手当てを受ける必要がある。彼らの都合の良いように扱《あつか》われるのは目に見えているが、傷が癒《い》えるまでは耐《た》えるべきだ。それを耐え抜《ぬ》き、快復すれば、彼らの手から自由になる機会はある。

屈辱《くつじょく》に耐える必要があるかも知れなかったが、それが生きるためならば仕方ない。

——俺は、生きなくてはならない。絶対に。

何の疑問もなくそう思った。

「……手を貸せ」

告げると、カーシーが顔をあげた。ゆっくりと探《さぐ》るように、しかし嬉《うれ》しげな表情で近づいてくると、シャルに肩《かた》を貸す。

妖精は人間よりも体重が軽いので、貧弱な体型のカーシーでも、難なくシャルを支えられるようだった。

立ちあがると、脇腹の傷が激しく痛む。歩き出しながら、シャルはようやく疑問に思った。

——なぜ俺は、これほど死ねないと思っている？

その思いは、自分の中で揺るぎない。絶対に死ねないし、死にたくない。けれどその理由が、自分でもわからない。

今のシャルは、何もわかっていなかった。

――そもそも俺は、どこから来た。なにをしていた？　俺の片羽は？　どこにある。


「おーい。シャル。おい、おい。おはよう。おはよう。おはよー、おはよー。目を開けて。ねぇ。おはよう、おはよう」

朗《ほが》らかで、悪意の一片《いっぺん》もない楽しげな朝の挨拶《あいさつ》は、嫌《いや》がらせかと思えるほどの執拗《しつよう》さがなければ、いいものだろう。

シャルが身を横たえているベッドは、藁《わら》の上に木綿《もめん》のシーツを被《かぶ》せた粗末《そまつ》なものだ。麦わらの香《かお》りが髪《かみ》に移りそうで、快適とは言えないが、それでも弱った体を横たえられるこの場所はありがたい。そして出来るならば、ずっと眠《ねむ》り続けていたいほどに、まだ体は弱っている。

「おはよー。おはよー。あれれ、起きないなぁ。ねぇ、ねぇ。朝日が昇《のぼ》ってるよ。とりあえず、おはよー。おはよー」

あまりの鬱陶《うっとう》しさに根負けして、シャルは嫌々《いやいや》ながら目を開く。すると蜘蛛《くも》の巣が至る所にはびこる、梁《はり》が剝《む》き出しの天井《てんじょう》を背景に、カーシーの顔がぬっと視界に入ってくる。

「おはよー。シャル。おはよー」

「おはよー、おはよーと……おまえは、おうむか。挨拶は一度すれば充分《じゅうぶん》だ」

呻《うめ》くと、カーシーは褒《ほ》められでもしたかのように、嬉しそうに笑う。

「おうむか。おうむは賢《かしこ》い鳥だからね、いいよな。じゃ、もう一回だけ。おはよー。ところでシャル。あんたの羽、どこにあるの？」

「知らん」

「わかった」

拍子抜《ひょうしぬ》けするほどあっさり引き下がり、カーシーはうきうきした様子で、シャルの目の前に小さな木の椀《わん》を突き出した。中には、得体のしれない茸《きのこ》が浮かんだ、濁《にご》った湯が入っている。どうやらスープらしい。

「朝ご飯だよ。食べてね」

シャルが身を起こすのを待たずに、カーシーは木の椀をシャルの枕元《まくらもと》へ置くと、くるりと背を見せてベッドから離《はな》れていく。

怪我を負い、自分がどこから来たのかも分からず、川岸に倒《たお》れていたシャルを発見したのは、デリックとカーシーの二人だった。二人は兄弟で、川岸の近くにある、薪《まき》の貯蔵小屋だったらしい森の中の廃屋《はいおく》に住み着いていた。

シャルがその小屋に連れてこられて、一ヶ月ばかり経《た》った。

兄のデリックは、シャルの片羽を手に入れ、その上でシャルを、妖精商人に売り飛ばしたいと思っているらしい。

もぎ取った片羽の所在が分からない妖精には、高値がつかない。

所在の分からない片羽は、いつ引き裂《さ》かれるとも知れない。となると、どんなに希少価値のある美しい妖精でも、いつ消滅《しょうめつ》してもおかしくない。そんな商品に高値はつかないし、そもそも、片羽を盾《たて》にして妖精を使役《しえき》するのだから、その肝心《かんじん》の片羽が主人の手になければ、扱いに難儀《なんぎ》するからだ。

だからデリックは、弟のカーシーに、片羽のありかをシャルから聞き出せと厳命しているらしい。

弟の方は、調子よく「わかった」と請《う》け合った。だが、毎朝シャルに「羽はどこ?」と訊《き》くだけで、シャルが「知らん」と突《つ》っぱねると、「そうかー」と言ってあっさり引き下がる。

それでもカーシーは、兄の厳命を忠実に守っているつもりらしい。「毎朝、シャルを問い詰《つ》めている」と、真剣《しんけん》に兄に報告している。

「やる気があるのか? おまえ」

ベッドの上に身を起こすと、シャルは木の椀を手に取った。

デリックとカーシーの住む薪小屋は、一間きりだ。床《ゆか》に湿気《しっけ》を防ぐ石が隙間《すきま》なく並べられているが、初冬のこの季節ですら底冷えがひどい。その小屋の中に机と椅子《いす》、箱形のベッドが持ち込まれ、居住スペースになっていた。出入り口の脇《わき》には大きな水を入れた樽《たる》が置かれ、その脇には、石で囲んで作られた手製の竈《かまど》がある。いちおうの生活は出来るが、快適な住まいとは言いがたい。それでもこのカーシーという少年も、兄のデリックという男も、毎日、不満なさそうに暮らしている。

カーシーは竈の前にかがみこみ、火をおこそうと苦戦していたが、シャルの声にふり返る。

「え、なに？」

「おまえは、本気で俺から片羽のありかを聞き出そうとしているのか？」

「してるよ、もちろん。なにしろデリックに頼《たの》まれてるからね。俺も、デリックの役に立たなくちゃ。デリックにばかり、頼《たよ》ってちゃあ駄目《だめ》だからな。俺も、一人前の男だから」

カーシーは、ちょっと自慢《じまん》そうに胸を張る。そして、

「それはそうと、なにか思い出せた？」

と、ついでのように訊く。これも彼が、毎日問い続ける決まり文句のようなもので、シャルは決まって、首を横に振《ふ》る。

シャルは未《いま》だに、自分が何者でどこから来たのか、思い出せなかった。

デリックとカーシーは、二人きりの身の上らしい。

彼らの会話を聞いていると、故郷もこの辺りではなく、もっと北の寒村の出のようだ。食い

詰めて故郷を離れ、放浪《ほうろう》した末に、薪小屋を発見して、とりあえずのねぐらとして住み着いたのだ。収入は、デリックが森の中で動物を狩《か》り、茸を採り、それを近隣《きんりん》の街の市場で売って得るお金のみ。微々《びび》たるものだ。

もうすぐ冬が来る。獲物《えもの》も茸も極端《きょくたん》に少なくなり、収入がなくなる。

そこで彼らは、冬が来るその前に、高値で売れるだろうシャルを健康な体に戻《もど》し、片羽を手に入れ、売り飛ばしたいのだ。

デリックは、シャルが自分の片羽を、どこか安全な場所に隠《かく》していると思い込んでいるようだ。だからシャルは、自分の片羽が手元になくとも、悠然《ゆうぜん》としていると踏《ふ》んでいるらしい。

だが生憎《あいにく》、シャル自身ですら、自分の片羽のありかが分からなかった。しかしそんなことを言えば、安値であろうとも、片羽なしでシャルを売り払《はら》うとデリックは決意するだろう。

傷はほとんど癒えたが、まだ体力は戻らない。完璧《かんぺき》に体力を取り戻すまで、片羽の件を誤魔《ごま》化《か》し続けていればいい。体力が戻れば、彼らを出し抜いて逃《に》げるつもりだった。

──逃げるのは簡単だ。なにしろ、こいつが見張りだ。

鼻歌を歌いながら竈の前にしゃがみ込むカーシーの後ろ姿を眺《なが》め、ほくそ笑《え》む。

──だが俺の片羽はどこにあるのか……。まさか誰《だれ》かに使役されていたのを、俺は、自分の片羽を置いて逃げ出したのか？　それとも、なにかの事故か。ここから逃げ出して、俺はどこをどうやって、自分の片羽を探せばいい？　妖精狩人《ようせいかりゅうど》たちに、必ず狙《ねら》われるはず。

妖精は、生まれ出た元になるものが経験したことならば、その記憶《きおく》を、ぼんやりとした本能に近い知識として受け継《つ》ぐ。記憶をなくしても、その本能に近い記憶だけは残っているのだ。だから世界の様相や、妖精の立場などは理解している。

理解しているからこそ、容易に動けない。

土臭《くさ》い、妙《みょう》なスープの椀を手に取り、嫌々ながらも掌《てのひら》から食事をとりつつ、考える。

羽は妖精の命に等しい。それを相手に握《にぎ》られることは、本能に訴《うった》えてくる恐《おそ》ろしさなのだ。いわんや、羽の所在が分からなくなった妖精は、普通《ふつう》なら、不安と恐怖《きょうふ》で半狂乱《はんきょうらん》になるはず。

しかしシャルは、なぜか落ち着いていられた。不思議と不安がないのだ。

自分の片羽は、暖かい、優《やさ》しい場所に、ふんわりと抱《だ》かれているような気がして、焦《あせ》りも不安も感じない。

シャルはここに辿《たど》り着くまでに、いったい何をしていたのだろうか。

そしてなぜ片羽を手放しているのか。

思い出せないことが、指に刺《さ》さった小さな棘《とげ》のように、常に鈍《にぶ》く微《かす》かな痛みを発する。

けれどそれが焦燥感《しょうそうかん》にまではならない。

ただ自分の体の形が、妙にあやふやに感じてしまう。この感覚の気持ち悪さを、できるものならば消したい。それだけが過去を思い出したいという、今のシャルの唯一《ゆいいつ》の動機だ。

ゆらゆらと液面が揺《ゆ》れるスープを見おろし、シャルは小首を傾《かし》げた。

昔こんなふうにして、誰かに、見た目の悪いスープを食べさせられた気がする。

——あれは誰だったか……。いつだったか。

とても懐《なつ》かしい気がした。

その時だった。

——シャル。

突然《とつぜん》、誰かに呼ばれた気がして、ぎくりとして手からスープの椀を取り落とした。スープの椀が中身を飛び散らせながら、石の床を転がっていったので、カーシーがふり返る。

シャルは声の主を探して、板戸が跳《は》ねあげられている小さな窓と、出入り口の扉《とびら》へ、素早《すばや》く視線を走らせた。しかしすぐに、それが自分の中から聞こえてくる、幻《まぼろし》の声だと気がついた。

カーシーたちに助けられる直前にも聞こえていた、あの声だ。

——どこだ、どこにいる？

幻の声の主の姿を求め、ひどい焦りがわき起こる。胸の奥が、じりじりと燻《くすぶ》るようだ。

自分の過去が空白になっていることは、なにも焦りを感じない。

なのに、この声を聞いた瞬間《しゅんかん》、どうしようもない焦りが沸《わ》きあがった。はやく、この声の主を見つけてやらなければならないと、反射的に思う。

カーシーが、床に転がった椀を拾って恐る恐る近づいてくる。

「ごめんな……。不味《まず》かった？」

何を勘違《かんちが》いしたのか、ベッドの脇に立ったカーシーは、心底申し訳ないような、しおれた声を出して項垂《うなだ》れた。それには逆にシャルの方が呆《あき》れ、顔をあげる。

「なんだ?」

「不味かったから、怒《おこ》ったんだよな。ごめんな。俺……奉公先《ほうこう》でも、まかないが不味いって、親方によく椀《わん》を投げられてたから……俺、間抜《まぬ》けだから」

カーシーは、自分とシャルの立ち位置を理解していないようだ。カーシーはシャルを捕《つか》まえ、快復すれば売り飛ばそうとする人間の一味だ。そんな自分の立場の有利さを、まったく理解していない。

「……俺は妖精だ」

おもわず言うと、カーシーは項垂れたまま答える。

「いくら俺が間抜けでも、それは知ってる。あんたには、羽があるから」

「そういう意味じゃない」

「ごめん。俺、よく分からない。あんたの言いたいこと、もっと分かりやすく言ってよ。俺、間抜けなんだ」

項垂れる姿に、胸が痛んだ。相手は人間なのに、どうしようもなく痛々しいと思ってしまう。自分のことを「間抜け」だと繰《く》り返すのは、ずっと誰かに、そう言われ続けたからなのだろう。彼は、奉公先と口にしていたから、おそらく奉公に出た先で、さんざんそうやって罵倒《ばとう》されたのかも知れない。

誰かの言葉が、また胸の中に響《ひび》く。『人間でも妖精でも、悪い奴《やつ》は悪い。いい奴はいいんだ』と。

項垂れる少年は、気弱で自信なさそうで、優しげだ。

――……いい、人間。

自然に、シャルは口を開いていた。

「おまえは間抜けじゃない、カーシー。おまえは多分……純粋《じゅんすい》なんだ。いい人間なんだ」

カーシーが驚《おどろ》いたように顔をあげて、目をぱちくりさせた。

「おい、カーシー！　見ろ、兎《うさぎ》が捕《と》れた！」

扉を開き、朝の光と初冬の冷たい空気が、薪《まき》小屋の中に入り込んできた。戸口に立って、片手に大きな野兎《のうさぎ》を掲《かか》げて見せたデリックは、満面の笑みだった。しかしカーシーの顔を見た瞬間、眉《まゆ》が吊《つ》り上がり、目がぎらりと光る。手にしていた兎を戸口の脇に乱暴に放《ほう》ると、大股《おおまた》にベッドに近づいてきた。そしていきなり、シャルの胸《むな》ぐらを摑《つか》んだ。

「おまえ、カーシーに何か言いやがったのか!?」

「デリック!?」

慌《あわ》ててカーシーが、デリックの肩《かた》にすがりついた。

「やめて、デリック。違《ちが》う」

「違わねぇだろうが！　目が赤い！　隠したって分かるんだ、俺には。なに言いやがった、おまえ！　カーシーに！」

獣臭《けものくさ》い両手に摑みかかられながらも、シャルは怒るよりも、驚いていた。デリックが、こんな理由で怒ることが意外だった。

──弟を守ろうとしているのか？

必死の目の色を、真正面から見つめる。誰かを守ろうとするこの必死さを、シャルも知っている気がする。

「ちがうよ、デリック。シャルは俺のことを、いい人間だって言ってくれたんだ！」

「は？」

デリックが、動きを止めてカーシーにふり向く。そして今度はシャルの方に顔を戻し、ぽかんとした表情で訊《き》く。

「……そうなのか？」

「そう言った気がするな」

胸ぐらを摑まれたまま、しらっとした表情で答えると、デリックは大慌《おおあわ》てで手を放し、赤面した。

「悪い。悪い、その。悪かったな！」

「ごめんな、シャル。デリックが、早とちりして、ごめんな」

粗野《そや》な風貌《ふうぼう》に似合わず赤面する兄と、その兄にすがりついたまま、必死で謝る弟の姿を見て、シャルは目を丸くした。

——いい人間、か。

なんとなくおかしくなり、シャルは顔を伏《ふ》せてくっくっと笑い出してしまった。

考えてみれば、デリックはシャルの片羽を手に入れて売り払《はら》うと宣言していたのに、シャルを痛めつけて強引《ごういん》に片羽の所在を聞き出すような真似《まね》をしなかった。ただカーシーに、聞き出せと命じていただけだ。そしてカーシーはと言えば、毎日の挨拶《あいさつ》のように、「羽はどこにある？」と、問うだけの、熱意のなさ。そして早、一ヶ月。

彼らは、偶然《ぐうぜん》拾った妖精《ようせい》をたたき売るという、金儲《かねもう》けの方法を考えついても、それを実行するほどに野蛮《やばん》にはなりきれないのだ。

野蛮になれたのは、気を失ったシャルを叩《たた》き起こすために蹴《け》り上げた、あの最初の一瞬《いっしゅん》だけらしい。決心し、踏《ふ》ん切りをつけて、野蛮になろうと試みても、所詮《しょせん》最初の一発だけで、あとはぐだぐだになって、本来の性質に引きずられている。

——俺は、幸運だ。俺を拾ったのは、いい人間だ。

自分は幸運なのだと、心に染《し》みるように感じると、幸運に過ぎるのではないかと、ふっと心のどこかが囁《ささや》く。まるで誰《だれ》かが、シャルのために幸運を祈《いの》ってくれたかのように、過ぎるほどの幸運だ。誰かとは、誰だろうか。そう思った時、

——シャル。

また、自分の中で声が響く。それにはっとして、笑いが止まる。焦燥感《しょうそうかん》が、切なさのように急に胸の中で熱くなる。この声は誰なのだろう。

「シャル？」

恐《おそ》る恐るカーシーが声をかけてきたので、シャルは顔をあげ、微笑《ほほえ》んだ。

「気にするな。謝らなくていい」

その微笑みを見て、カーシーはびっくりしたような顔をして、赤面し、照れたようにやたらと頭を掻《か》き回した。デリックも一瞬、安堵《あんど》の表情を浮《う》かべるが、すぐにそっぽを向く。

「良かった。許してくれて。俺、きっと……」

カーシーが言いかけたときだった。

「おい、こら！　出てこい！」

薪小屋の外から、男の怒声《どせい》が聞こえた。さらに複数の男の声が「出てこい！」「流れ者！」と、威嚇《いかく》するように飛んできた。

デリックの表情が緊張《きんちょう》し、カーシーは蒼白《そうはく》になった。

「デリック」

不安げな弟の声に、デリックは頷《うなず》く。

「ロイド村の連中だ。なんだ、いったい」

開きっぱなしの扉《とびら》の向こうに、五、六人の男たちがいた。全員、身なりは農民のようだが、手には鍬《くわ》や鎌《かま》、納屋《なや》の奥から引っ張り出してきたように古めかしい長剣《ちょうけん》などを携《たずさ》えている。

「ねぇ、怒ってるみたいだよ、なんで」

「わからないさ、俺にも。とにかく、俺が出て行って話をつけるからな。おまえ、ここにいろ」

「でも、あの人たち武器を持ってるよ」

「任せろ。俺には祖先伝来の剣《けん》があるんだぜ。俺たちの祖先は、ハイランド統一戦争の、アルバーン家の家臣だったんだぞ。怖《こわ》がることはない」

デリックは腰《こし》にある古びた剣の柄《つか》を、自信満々に叩く。錆《さび》の浮いた柄を見て、シャルは眉をひそめる。ハイランド統一戦争は、百年前のことだ。その時から伝来している剣となると、なまくらの骨董《こっとう》品だろう。

それでもデリックは、その骨董品に頼《たよ》るように柄をしっかり握《にぎ》る。唇《くちびる》を引き結び、わざと胸を反らし、大股で戸口へ向かった。

堂々と村人たちの前に出て行く後ろ姿を、カーシーは不安げに見送っている。

嫌《いや》な予感がした。シャルはベッドから立ちあがり、背後からカーシーの肩を叩く。

「何者だ、彼らは」

「あ、あんた。起きて大丈夫《だいじょうぶ》なの？」

多少体はふらついたが、少しの間ならば、動くには問題なさそうだった。

「怪我《けが》は治っている。それよりも、彼らは何者だ」

「森の外れに、ロイドって村があるんだけど。多分そこの人たちだよ」

　村人たちの前に進み出たデリックは、わざと肩をそびやかし、いかにも、ならず者のような態度で口を開く。

「おいおい、ロイド村の連中だよな。なんの用だよ、俺たちに」

「おまえたち、誰の許可を得てここに住み着いてるんだ」

　先頭に立つ、背の高い屈強《くっきょう》な男が、高圧的に告げる。デリックは片眉をあげた。

「あ？　なんだいきなり？　許可？　そんなもの、必要なのかよ。誰の許可がいるって？」

「ここはロイド村の管理の森だ。そこに勝手に住み着かれては困る」

「急になんだ？　俺たちがここに住み着いたのなんか、あんたたちだって半年以上前から知ってるじゃないか。それがなんで急に、許可だのなんだのと言い出すんだ」

「村の寄り合いで決まった。勝手に住み着かれては困るってな。だから、出て行ってもらう」

「無理だな。もうすぐ冬が来る。そうですかって出て行ったら、俺たちは凍《こご》え死にだ」

「出て行くのが無理ならば、かわりに村に家賃を払え」

「家賃？　この薪小屋に？」

「そうだ。住み始めてからの半年以上分と、これからの一年分を、まとめて払え」

　デリックはニヤニヤ笑って、肩をすくめた。

「無理だな。俺たちは、ほとんど金を持ってない。さっき捕《つか》まえた兎《うさぎ》ならあるぞ」

「金が払えないなら、代わりのものを払え」

「代わり？　兎か？」

「そんなものじゃ足りない。おまえたち一ヶ月前に、愛玩妖精《あいがんようせい》を拾ったそうだな」

デリックの顔から、笑いが消えた。鋭《するど》い目で相手を睨《にら》みつけ、呻《うめ》く。

「そうか。おまえら、俺たちが妖精を拾ったのをかぎつけて、横取りしに来やがったのか。でも生憎《あいにく》だな。あの妖精は、まだ売れないぞ。片羽の所在が分からないんだ」

「別にいい。片羽がなくとも、質のいい愛玩妖精ならば、それなりの値段を出す商人はいる」

淡々《たんたん》と、村人は答えた。デリックの無知を、小馬鹿《こばか》にする気配すらある。

「片羽がなければ、まともに使役《しえき》できない。その妖精を、買う奴《やつ》なんているのかね」

「まともに使役しなくて、いいんだよ。そんな連中は、妖精を適当に扱《あつか》う」

その言葉を耳にした途端《とたん》に、嫌悪感《けんおかん》が、シャルの背筋をぞろりと這《は》う。彼らが平然と口にする「適当に」という言葉に含《ふく》まれる残酷《ざんこく》さが、許せない。

──人間め……。これは悪い人間、か。

シャルはカーシーを押しのけ、ゆっくりと扉に近づくと、外へ踏み出した。

デリックはこちらに背を見せたまま、地面に唾《つば》を吐《は》いた。

「適当に？　はっ！　適当か！　どんなふうに適当か、考えたくもないな。俺は妖精を売り払うにしても、まともに売るさ。その方が高値がつく。俺が売るんだ。あの妖精は俺らのもんだ、渡《わた》すもんかよ！　妖精はあの中だ。とれるものなら、とってみな！」

声を荒《あら》らげ、デリックは自分の背後の薪《まき》小屋を指さす。

「家賃はもらうぞ。冬がくるんだ。村だって、冬越《ご》えは厳しい」

先頭の男が低い声で告げると、村人たちは互《たが》いに目配せし合い、手に持った得物《えもの》を構えようとした。しかし彼らは、デリックの背後に出現したシャルの姿に気がつくと、あんぐりと口を開く。彼らの目が、シャルに釘付《くぎづ》けになる。

彼らの予想以上に、シャルの容姿が美しかったのだろう。

初冬の、森の木立の隙間《すきま》からこぼれる朝の光が、シャルの上にまだらに降る。

村人たちの様子の変化に気がつき、デリックが背後をふり返る。シャルは微笑みながら、驚《おどろ》きに目を見開くデリックの脇《わき》を通り抜《ぬ》け、村人たちの前に立つ。

「おい、おまえ……」

デリックが戸惑《とまど》ったように声をかけるが、シャルはそれを無視し、右掌《てのひら》を軽く開いて意識を集中させる。そこに銀色の光の粒《つぶ》が、寄り集まってくる。

呆然《ぼうぜん》と、シャルの容姿にばかりみとれていた村人たちは、シャルの手もとに集まる光にも吸い寄せられるように視線を注いでいたが、それが鋭い剣の形になった瞬間《しゅんかん》、蒼白になった。全員が及《およ》び腰《ごし》になり、後ずさる者もいた。

「……おまえ……」

デリックの驚きの声が、シャルの背中に当たる。

出現した剣を軽く握り、それをシャルは、自分の目の前にかざす。こうやって剣を出現させることを、シャルは本能的に知っていた。

「俺を、家賃がわりに差し出せと？　おまえたちは、俺をうまく扱い、売れるのか？」

デリックも口を大きく開いていたが、声が出ないらしい。ぱくぱくと、やたらと空気を吐き出していたが、最後にやっと、

「戦士妖精《ようせい》……かよ」

と、木の葉がすれるような声で言った。

「自信がなければ、帰れ。そもそも俺は、この兄弟に売られる予定らしい。帰れ」

村人たちは、じりじりと後退していた。戦士妖精の実力を、ハイランド王国に住む者なら誰《だれ》でも知っている。その妖精が剣を向けてくる気配があれば、誰でも、一も二もなく逃《に》げ出したくなる。最後尾《さいこうび》にいた一人が、いきなり背を見せて森の奥へ駆《か》け込んだ。

「お、おい！」

最前線で交渉《こうしょう》していた村人が、仲間の逃走《とうそう》を食い止めようとして喚《わめ》いたが、逆にそれを合図にしたかのように、全員が駆け出した。

「おい、おい、待て！」

交渉役の男も、もはや踏《ふ》みとどまれずに、仲間と共に駆け出していた。

森の奥へ逃げ散っていく村人を、デリックはぽかんと見つめていた。カーシーは戸口にすがりつきながらも、無邪気《むじゃき》に「やった！」と、声をあげて拳《こぶし》を突《つ》き上げる。

シャルは手を振《ふ》って剣を光の粒に戻《もど》して消すと、デリックに向き直った。

「また奴らが来たら言え。追い返してやる」

口を開けてシャルを見あげていたデリックは、声を震《ふる》わせた。

「おまえ、戦士妖精か……。しかも結構、動けるじゃないかよ。怪我、治ってやがったのか」

驚きと恐怖《きょうふ》の入り交じった表情を真っ正面に見て、シャルは腕組《うでぐ》みしながら、この兄弟は抜けているなと、心底呆《あき》れる。これほど抜けていれば、これまでの人生は、さぞ苦労したことだろう。

しかし幸運にも出会えた「いい人間」だ。

「用心棒をしてやろうか？」

腕組みして、にやりとシャルは笑ってやった。

「片羽のない戦士妖精は、物騒《ぶっそう》で売れないはずだ。ならば、さっきのような連中を追い返すのに、俺を養え。体力が回復して、自分の帰るべき場所が分かるまで、役に立ってやれる」

デリックは呆然と、シャルを見あげていた。しかし暫《しばら》くすると、突然《とつぜん》ぷっと吹《ふ》き出して、それから大声で笑いはじめた。体を二つに折って、腹を抱《かか》え、ゲラゲラ笑った。涙《なみだ》を流しながらひーひー笑った後に、デリックは顔をあげた。そして背後のカーシーにふり返り、陽気な声を張り上げた。

「いいもん拾ったよな、俺たち。なぁ、カーシー！　こりゃすげぇ仲間だぞ！」

シャルはいつも夢の中で、ふわふわした触《さわ》り心地《ごこち》の、細い体を抱《だ》きしめている。引き寄せた腰《こし》は細く、手足は華奢《きゃしゃ》で、髪《かみ》から甘い香《かお》りがする。それなのに抱きしめている相手の顔すら判然としない。誰なのか確かめようと、シャルは抱きしめていたその人の体に触《ふ》れるのだ。頰《ほお》から顎《あご》。そして首筋、鎖骨《さこつ》、腕《うで》、さらに指先に触れたとき、突然、衝動《しょうどう》のように愛《いと》しさがわき起こった。思わず、相手の手を持ち上げ、その指先に口づけた。

指先からも、甘い香りがした。

その話をすると、決まってカーシーは「それは、あんたの大切な人だよ。間違《まちが》いない」と真剣《しんけん》に訴《うった》える。デリックは、「スケベ」と言ってニヤニヤ笑う。しかし二人とも最後にはいつも、「夢の中の相手が誰か、はやく思い出せればいいな」と言ってくれた。

彼らは、いい人間だった。シャルは幸運だった。

カーシーとデリックと共に、無事に冬を越すことが出来た。

あれから、ロイド村の連中がやって来ることもなかった。冬支度《ふゆじたく》に関しても、雪が降る前に、デリックとシャルの二人がかりで動物を狩《か》ったことで、なんとか整えられた。

狩った獲物の半分を街で売って金に換《か》え、防寒着や調味料、乾燥《かんそう》果物、油などが手に入った。半分の獲物はカーシーが器用にさばき、干し肉にして保存食にした。

しかし冬の間、デリックは度々《たびたび》、ここに住み続けるのは困難だろうと口にした。

「ロイド村の連中は、俺たちのことを良く思ってない。この冬はここでしのげるとしても、来年の冬は別の場所に、冬をしのげる場所を探した方がいい」

はぜる薪の炎《ほのお》を見つめて言うデリックに、カーシーは不安げに問う。

「あてはあるの?」

「ちょっとな。サウスセント港に、知り合いがいる。いざとなりゃ、その人を頼《たよ》って港の荷揚《にあ》げを住み込みでやるって手もある。春になったら手紙を書いて、いつでも頼っていけるように準備をしとく。まあ、居座れるだけ、ここに居座るけどな」

にやっと笑って八重歯《やえば》を見せたデリックは、背後で静かに座っているシャルをふり返った。

「あんたも、もしここを離《はな》れることになっても、俺たちと行くだろう?」

「そうだな。悪くない」

寒さを感じないシャルは、冷たい石の床《ゆか》に片膝《かたひざ》を立てて座っていた。自分の影《かげ》が、薪の炎に照らされて揺《ゆ》れ動くのを見つめながら、本当にそれでも構わないと思っていた。

そして冬をやり過ごし、春が来た。吹く風から、突き刺《さ》さるような冷たさが消えた。冬とは格段に違《ちが》う、明るさにみちた日射《ひざ》しに、草花が咲《さ》き始めていた。

雪が消えたぬかるんだ森の道を、シャルはカーシーと共に、食用になる草の芽を探して歩いていた。

カーシーは、はしゃいだ様子で右に左に小走りに駆けて草の芽を見つけると、しゃがみ込んでは摘《つ》み取る。そして、また立ちあがって駆け出す。気に入った草花を見つけると、あろうことか腰のベルトに差して嬉《うれ》しげにしている。これが麗《うるわ》しい乙女《おとめ》なら、さぞ絵になったことだろう。シャルは残念な気持ちで、彼のあとをついて歩いていく。

──こうやって彼らと共に生きていくのは、悪くない。

冬が終わり春になり、近頃《ちかごろ》、度々、そんなことを思うようになった。

それは厳しい冬のさなか、デリックが、どこへ行くことになろうとも一緒《いっしょ》に行こうと、誘《さそ》ってくれたからかもしれない。

自分の片羽がどこにあるか分からないし、何も思い出せない。片羽がないわりには気持ちは落ち着いているが、必ず探さなければならない。しかし記憶のない今、闇雲《やみくも》にハイランド王国中を彷徨《さまよ》っても、成果はない。まず思い出さなければならない。

しかし羽のことを思うだけで、記憶を取り戻したいという欲求《よっきゅう》は強くない。すこし心配だから、そうするべきだな、といった程度だ。

だから、このまま気楽に森の中で、いい人間たちと暮らすのも悪くない、と思う。

――ただ、……あの声を聞かなければ。

時折、シャルの中で聞こえる、シャルを呼ぶ誰かの声を聞いたときだけ、胸の中が熱くなる。思い出したい、帰りたいと、焦《じ》れるような感情が吹き出してくる。

木漏《こも》れ日が降る頭上を見あげると、芽吹《めぶ》きはじめた木々の小枝が、折り重なっている。その向こうは、うっすらとした雲が流れる春の空だ。

「そいつを引き渡《わた》せ」

突然、木立の向こうから、誰かを脅《おど》しつけている男の声が響《ひび》く。

カーシーは怯《おび》えたように足を止めて、シャルをふり返る。シャルはカーシーの傍《かたわ》らまで行き立ち止まると、声がした方向を目で探《さぐ》った。

「あんたも、村の一員だ。村の決まりを知ってるだろう。テッド爺《じい》さん。引き渡せ」

木々の幹の隙間《すきま》から、小柄《こがら》な老人が、数人の村人に取り囲まれているのが見えた。村人たちには、見覚えがある。冬の初め、薪《まき》小屋に押しかけてきたロイド村の連中だ。

「あの年寄りは誰だ？」

首を伸《の》ばして木立の向こう側を確認《かくにん》すると、カーシーはシャルの耳に囁《ささや》く。

「テッド爺さん。ロイド村の人。だけどたった一人の肉親だった息子《むすこ》が戦争で死んでから、村人とつきあわなくなって、俺たちの薪小屋よりも、もっと川の下流の森の中に家を建てて、住んでるんだ。俺たち最初、そこが空き家かと思って入り込もうとしたら、あの爺さんに薪で思いきり殴《なぐ》られたよ」

　村人同士の、いざこざかもしれない。単純にそう割り切って歩き出そうとしたシャルの袖《そで》を、カーシーが引き留めた。

「待ってよ。テッド爺さん、なにか盗《と》られようとしてるよ。助けないと」

「そんな義理はない」

「でもあの爺さん、薪で殴った後に、ごめんって言って薬ぬってくれたんだ。それで俺とデリックに、小さな林檎《りんご》くれた。ものすごく渋《しぶ》くて、不味《まず》かったけど……」

「俺には、義理がない」

「でも、でも……」

　カーシーはシャルの袖を握《にぎ》りしめて、そこから動こうとしない。

「何度も言ってるじゃろうが。こいつは、わしの息子のダレルじゃ。やっと帰ってきたんじゃ」

　テッド爺さんと呼ばれている老人は、自分の背後に立つ長身の、フード付きのマントを頭からすっぽりと被《かぶ》った人物を、庇《かば》うように立ちふさがっている。

「なに言ってる。あんたの息子は、十五年前のチェンバー内乱で死んだんだよ、爺さん」

　呆れ混じりの、哀《あわ》れむような調子で一人の村人が言うと、テッド爺さんは、頑固《がんこ》そうな、真っ白な眉《まゆ》を吊《つ》り上げる。

「死んだと思われていただけじゃ！　こうやって帰ってきたんじゃ！」

「じゃあ、爺さん。そいつのマント、脱《ぬ》がせてみろ」

先頭に立つ村人が要求すると、テッド爺さんは言葉に詰《つ》まり、むうっと唸《うな》る。

「爺さん。調べはついてるんだ。村人が拾ったものは、村の共有財産だろう？　なぁ、村は金が必要だ。この冬の大雪で、共同の穀物倉が潰《つぶ》れて、それも直さなけりゃならないし」

「嫌《いや》じゃ。なんのことか、わからん。わしは、帰る」

テッド爺さんが歩き出そうとした瞬間《しゅんかん》、村人たちがさっと進路を塞《ふさ》いだ。彼らの目に、凶暴《きょうぼう》な光が見えた。テッド爺さんはそれでも果敢《かかん》に、相手をぐるりと睨《にら》みつける。

「帰るんじゃ、どけ！」

「怪我《けが》するぞ、爺さん」

「なんじゃと？　やれるものなら、やってみい！」

「怪我をすると言ってるんだぞ、爺さん」

村人たちが拳《こぶし》を固めた瞬間、その時まで、テッド爺さんの影のように静かに寄り添《そ》っていたマントの人物の周囲から、強烈《きょうれつ》な殺気が放たれた。

――これは⁉

距離《きょり》のあるシャルですら、ぞっとした。村人たちもなにかを感じたらしく、一瞬《いっしゅん》動きを止める。血なまぐさい予感がした。

この森の中で妙《みょう》なことが起これば、この場所に住み着いているシャルたちにも、良くない影《えい》響《きょう》がある。

シャルは咄嗟《とっさ》に、駆《か》け出していた。とりあえず手に入れている平穏《へいおん》な生活を、壊《こわ》されたくなかった。木立の間を抜《ぬ》け、テッド爺さんたちの方へ向かう。

「双方《そうほう》、やめろ！」

声を張り、右掌《てのひら》に意識を集中させて銀の光を集めて剣《けん》を作り、村人たちを刺激《しげき》しないように提《さ》げ持つ。

突然《とつぜん》飛び出したシャルに、カーシーは対応できずに、その場で、木の幹にすがりついているのみだった。

村人たちと、テッド爺さんは驚《おどろ》きに目を丸くし、シャルを注視する。そしてマントの人物は、シャルの姿を見た途端《とたん》に、ふと殺気を和《やわ》らげた。

「おまえ、流れ者兄弟の所の妖精《ようせい》……」

村人たちの顔に、一様に恐怖《きょうふ》の色が浮《う》かぶ。

「見たところ、この爺は、おまえたちの要求に応《こた》える気はなさそうだ。帰れ」

「なぜ妖精なんぞに、口出しされなきゃならねぇ！　これは村のことだ！」

村人の一人が果敢に声をあげたが、シャルはそいつに、鋭《するど》い一瞥《いちべつ》をくれた。それだけで、その村人は蒼白《そうはく》になり生唾《なまつば》を呑《の》みこんだ。

「そこの爺は、俺の仲間の恩人らしい。俺の仲間が、見ていられないようだったから、口を出す。それだけだ」

「あの、流れ者兄弟め……」

村人たちの嫌悪《けんお》と憎悪《ぞうお》の視線が、少し離《はな》れたところにいるカーシーに注がれる。

「さあ、どうする？　引く気がないなら、俺も黙《だま》っていられないが？」

暫《しばら》く、シャルと村人たちは睨み合ったが、彼らはすぐにシャルから視線をそらし、ぞろぞろと引きあげていった。しかし村人たちは森の向こうへ消えるまで、何度もシャルの方をふり返り、互《たが》いになにかを囁きかわしていた。

手にある剣を軽く振《ふ》って光の粒《つぶ》に戻《もど》しながら、彼らの後ろ姿を見送り、シャルはため息をつく。

——奴《やつ》らも、やられっぱなしでは納得《なっとく》するまい。

いずれ、また何かを企《くわだ》てるかもしれない。なにしろ金が絡《から》んでいる。人間たちは金が絡んだ途端に、普段《ふだん》並べ立てるきれい事を、すっかりわすれたような顔をするものだ。

「ああ、よかったぁ」

気が抜けたような声を出して、カーシーが木立を抜けてシャルの所にやって来た。

目を丸くしてシャルを見あげていたテッド爺さんは、カーシーを見て、嫌そうな顔をした。

「なんじゃ、流れ者の弟か。この妖精は、おまえの知りあいか」

「そうだよ、俺たちの用心棒」

カーシーが胸を張る。

「それより爺さん、息子が帰って来てよかったね」

言われると、テッド爺さんは苦い顔で頷《うなず》く。

「まあ、そうじゃな」

「でも、あんたの息子、羽があるね？」

シャルもとっくに気がついていた。テッド爺さんに寄り添っている人物のマントの裾《すそ》から、ちらちらと、羽の先が見え隠《かく》れしているのだ。

助けに入ったのは、テッド爺さんが引き渡せと迫《せま》られているのが妖精で、引き渡されるのが仲間だという意識もあったからだった。

マントの人物が、ちらりと顔をあげた。シャルと目が合うと、静かに黙礼《もくれい》した。顔の大半がフードに隠れていて、はっきりとは分からなかったが、甘さのある、端整《たんせい》な顔立ちだ。緑と青にわずかに黄を刷《は》いたような、曖昧《あいまい》な色の髪《かみ》が、フードからわずかにこぼれていた。瞳《ひとみ》の色も髪色と似ている。なんともいえず、魅惑《みわく》的な容姿の妖精だ。これならば村人たちに目をつけられても仕方ないのだろうが、おそらく彼は、人間たちが愛玩妖精《あいがんようせい》と称《しょう》する妖精にはならない。

先刻、一瞬だけ彼が放った殺気は、高い戦闘《せんとう》能力を持つ妖精特有のものだ。

この魅惑的な容姿と、鋭い殺気には、覚えがある気もした。だが思い出せなかった。

「おまえの用心棒にも、羽があるわい。どうしたのじゃ、おまえたちのような貧乏人《びんぼう》が戦士妖精など買えたのか」

「買ったのじゃなくて、拾ったんだ。川で。上流から流れてきたみたい」

するとテッド爺《じい》さんは、目を見開く。

「なんじゃと？　こいつもか？　昨今、王都の辺りじゃ、妖精を川に流すのが流行《りゅうこう》か？」

「こいつもって、あんたの息子《むすこ》も流れてきたの？」

無邪気《むじゃき》に問うカーシーに、テッド爺さんは、

「い、いや。こいつはわしの息子じゃから……」

ごにょごにょと言葉を濁《にご》す。しかし口ぶりから察すると、川から流れてきたのを助けたのに違《ちが》いなかった。

――川から？

シャルは、改めてマントの妖精に目をやる。彼の方も不思議そうな目で、曖昧な瞳の色で、シャルを見つめていた。

同じ時期に、同じように川の上流から流れてきたという妖精。それぞれが、別の場所で偶然《ぐうぜん》同じ時期に川に流されることがあるだろうか。それよりも、何かの事故か、誰《だれ》かの意図によって、二人の妖精が同時に同じ場所から流されたと考えるべきだ。

――もし、こいつが俺を知っているなら。

シャルは、自分の過去を知ることができるかも知れない。

「おまえは、どこから来た？」

問うと、マントの妖精は困ったように首を振る。

「わからない。ひどい怪我をしていたせいか、父さんに助けてもらうまでの記憶《きおく》が、ない」

「父さん？」

「ああ、わたしの、……父だ」

妖精は、はにかむように答えた。口元に浮かぶ微笑《びしょう》が、清らかで柔《やわ》らかで、美しかった。

彼にも記憶がないというのは、残念だ。だがシャルと同じ場所で、シャルと同じ目にあってここに辿《たど》り着いた者であれば、状態がシャルと同様の有様でも不思議はない。

それよりもこの妖精が、人間を父と紹介《しょうかい》したのが意外だった。

――本気で信じているわけではないだろう、互いに。

何のつもりで、そんな芝居《しばい》をするのだろう。

「まあ、助かった。わしらは家へ帰る。じゃあな」

テッド爺さんが軽く手をあげて歩き出すと、マントの妖精は軽く会釈《えしゃく》して、その後を追った。

二人の後ろ姿を見送りながら、シャルは思わず口にした。

「なんのつもりで、あいつらは息子だ父だと言ってるんだ？」

するとカーシーが、呆《あき》れたような顔をしてシャルをふり返った。

「そんなことも分かんないのか、あんた」

「分かるのか？」

「あたりまえだよ」

カーシーは胸を張ると、人間と妖精の親子が消えた方向を、眩《まぶ》しそうに見つめる。

「テッド爺さんは息子が欲しかったし、あっちの妖精は、父親が欲しかったからだよ」

「……は？」

訳がわからなかった。

「どういう意味だ」

「寂《さび》しいから、みんな、誰でも、大切な人が必要なんだよ」

大切な人という言葉に、胸がズキリと痛んだ。

――シャル。

痛みとともに、また声が聞こえた。自分を呼ぶ声が、この時初めて、切なくて哀《かな》しくて、寂しそうだと気がついた。この寂しさを消してやりたいという思いが、全身を熱くする。

「俺も、大切な人がいるはずだ……。そいつの寂しさを、消してやらなくてはならない、きっと。今すぐにでも。だが。俺はそいつが誰なのかも分からない」

思わず、不安と切なさが言葉になってしまった。するとカーシーが、シャルの肩《かた》を優《やさ》しく撫《な》でる。

「早く思い出せればいいね、あんた。そしたら帰れる。俺は、……寂しくなるけれど」

労《いたわ》りと思いやりが、熱くなったシャルの胸の苦しさを少し和《やわ》らげる。胸の中が落ち着いてきて、ゆるく温かいものだけが残る。

自分は幸運に恵《めぐ》まれたのだと、この時も強く感じた。カーシーは、いい人間だ。

そしてもしかしたら、あのマントの妖精《ようせい》も幸運なのかもしれない。もしテッド爺さん以外の誰かに見つかっていたら、彼は今頃《いまごろ》、妖精市場にいただろう。

同じ場所から流れてきた可能性がある、二人の妖精。二人ながらに、幸運に恵まれたのだ。

──幸運だ。本当に、幸運にすぎる。

それが、とてつもなく不可解に感じる。何者かの意図すら感じるほどに。

誰かの優しい大きな掌《てのひら》が、シャルの周囲を、包み込んで幸運を運びこんでいるような、とてつもない不思議さだった。

──ただ、気になるのは。

シャルは、テッド爺さんたちが去ったのとは、逆方向に視線を向ける。そちらはロイド村の連中が姿を消した方向だ。

村人たちは貧しい。彼らが、おいそれと大金を手に入れる機会を見逃《みのが》すとは思えない。シャルにしろ、テッド爺さんの息子にしろ、人間たちにとっては魅力《みりょく》的な商品だ。大金が歩いているようなものだろう。うろつきまわる目の前の二つの大金を、村人たちが諦《あきら》めるだろうか。

農民たちは粘《ねば》り強い。それが生きるために必要だからだ。

「カーシー。デリックは、サウセントの知り合いに手紙を出したのか？」

「手紙？　ああ、出してたよ。サウセントのおじさんは、気のいいおじさんだから、手紙なんか出さなくても大丈夫《だいじょうぶ》だって言ってたけど。なに？　どうして？」

「ずっとこの場所に、いられないかもしれない。その時のためだ」

「ああ……そうか」

意外にもカーシーは、落胆《らくたん》するでもなく、当然のように頷く。

「そんなもんだからな、どこでも」

放浪《ほうろう》を続ける少年は、悟《さと》ったように言った。


その日から時折、カーシーはテッド爺さんと息子のことを心配して、様子を見に行くようになった。最初はさんざん鬱陶《うっとう》しがられて追い返されていたようだが、次第《しだい》に、土産《みやげ》の果物などをもらって帰宅するようになった。

テッド爺さんと羽のある息子の方も、あれからロイド村からの、おかしなちょっかいは出されていないらしい。

村人たちが大人しいことが、かえって気味が悪かった。彼らが大金を必要とするのは、冬の準備の時期だ。冬に入るまでは、油断は出来ない。

春が過ぎ、夏が来た。ハイランド王国の夏は爽《さわ》やかで、とくに森の中にある薪《まき》小屋は、清々《すがすが》しい風が吹《ふ》き抜《ぬ》けた。

そして秋が来ると、森のあちこちが赤や黄色に染まり、大きな冷たい風が吹くと、枯《か》れ葉の暖かな色が空に舞《ま》いあがった。

秋が深まるにつれて、シャルは以前にも増して、自分を呼ぶ声を頻繁《ひんぱん》に聞くようになった。そしてわけもわからずに、その声の主を探し、慰《なぐさ》めたいと、その思いだけに取り憑《つ》かれる。

シャルは何度も聞こえる声に、いても立ってもいられず、闇雲《やみくも》に森の中を歩き回ることが多くなった。こんな場所に声の主がいないのは分かっているのに、じっとしていられない。

シャルは今日も、冷たく強い風が吹き抜ける森の中を歩き回っていた。

赤、黄、茶と、枯れ葉が風に煽《あお》られ、降ってくる。足元を吹き抜ける風に巻き上げられ、枯れ葉が小さな渦《うず》を作ってシャルの行く手を遮《さえぎ》るが、シャルはかまわず、その小さな渦をかき乱して歩く。

「よー、シャル。いつもいつも、長い散歩だな」

歩いていると、大きな樫《かし》の木の根元にデリックが座っていた。小枝を口にくわえ、揺《ゆ》らしている。

「なにか用か?」

「カーシーの奴《やつ》が、近頃《ちかごろ》のあんたが心配だって気にするから様子を見に来たんだ。何してるんだよ、あんた」

「散歩だ」

「なんで散歩してる? ムラムラしてんのか? あの夢の女に触《さわ》れなくて」

「……張り倒《たお》すぞ」

「おい、やめろよ? 洒落《しゃれ》にならない」

腰《こし》の辺りでひっそり拳《こぶし》を構えたシャルを見て、デリックは慌《あわ》てて立ちあがり、樫の木の幹に体を半分隠《かく》す。そして急に、真剣《しんけん》な顔をした。

「なあ、シャル。もう、思い出せなくてもいいんじゃないか? ここで俺たちと、楽しく暮らせばいいじゃないか。昔なにがあっても、今が幸せなら、いいだろう? 片羽もおまえの手にはないけど、この一年大丈夫だった。これからも平気だろうぜ。たぶん安全な場所に隠されてるんだ。気にするなよ。そりゃ自然に思い出したら、帰ればいい。けれど無理に思い出さなくても、いいじゃないか。カーシーが、本当に心配してるんだ」

デリックの真剣さに、シャルは苦笑《くしょう》した。

「弟に弱い奴だ」

照れ隠しのように、デリックは顔をしかめる。

「まあ、餓鬼《がき》のころから可愛《かわい》がってたし。あいつ、辛《つら》い思いもしてるから……。あいつ、とろいから。餓鬼のころから、ずっとだ。奉公《ほうこう》先でもいじめられた。でも、ひでぇよな。あいつ、とろいけど、絶対に悪いことをしないし、優しい。なのにみんな、とろいからって馬鹿《ばか》にして、いじめるんだ。俺は、それが信じられない。だから俺はあいつを守ってやりたいと、餓鬼のころから思ってた。今も、思ってる」

「おまえの大切な人か」

「そりゃ大げさだけどな。まあ、大切っちゃあ、大切だ」

ぶっきらぼうに、デリックは答えた。

拳を下げて、シャルはため息をつく。

「俺も同じだ。デリック。俺は、このままでいいかもしれない。だが俺を呼ぶ声は、寂《さみ》しがっている」

口にすると、さらに胸が苦しい。

「俺は呼ばれてる。きっと大切な人に呼ばれている。カーシーも言っていた。この声はきっと、大切な人の声だ」

胸に手を当て、目を閉じる。そこにある大切な人の声が、誰《だれ》なのか。誰ともわからないのに、愛《いと》しい。

「大切な人か……そうか」

デリックは、納得《なっとく》したように口にすると肩をすくめた。

冬も、春も、夏も、あの声を聞くと焦燥感《しょうそうかん》はあった。けれど秋に入ってからは、比べものにならない。あの声を聞く回数が、異常なほどに多くなっているから、自然と焦燥感があふれるのだ。

どうして秋なのだろうか。あの声を自分の中に響《ひび》かせる何かが、秋の、自分の身の回りにあるのだろうか。目に見えない、微《かす》かな何かが。

シャルの中に響く声も、毎夜、夢に見る柔《やわ》らかく華奢《きゃしゃ》な体も、きっと同じ人だ。その人はシャルの大切な人で、そしてシャルは、その人の大切な人だ。そうに違《ちが》いないと、確信がある。

夢の中の感触《かんしょく》が、愛しくてたまらない。柔らかな手触《てざわ》りと、細い腰と手足。髪《かみ》と指先から薫《かお》る、甘い香《かお》り。

――香り。

ふと、不思議に思う。

「香り!?」

はっと目を開けて、シャルは周囲を見回した。

夢の中で薫ったあの甘い香りを、この森の中に微かに感じる。

――甘い香りがする。なんだ、いったい!?

その時だった。カーシーの悲鳴が、こだました。

異様な気配を感じ、シャルとデリックは一瞬《いっしゅん》目線をかわすと、すぐに薪小屋の方へ向けて駆《か》け出した。近づくと、焦《こ》げ臭《くさ》さが鼻をつく。熱気が流れ、薪のはぜるような音が聞こえた。

藪《やぶ》を抜けて薪小屋の正面に出ると、薪小屋がオレンジ色の炎《ほのお》に包まれているのが目に飛びこんできた。その小屋の周りには、馬に乗った、妖精狩人《ようせいかりゅうど》らしき屈強《くっきょう》な男たちが三人。

三人の操《あやつ》る馬は、怯《おび》えて縮こまっているカーシーを嬲《なぶ》るように取り囲み、はやし立てながら、グルグルと回っている。

――妖精狩人に頼《たよ》ったか！

ロイド村の連中は、まともな方法でシャルを手に入れられないと分かっている。そこで妖精狩人に頼ったのだろう。売値の何割かを報酬《ほうしゅう》として、妖精狩人に支払《しはら》うと約束したに違いない。

しかし妖精狩人のような荒《あら》っぽい連中は、村人への分け前など簡単に踏《ふ》み倒す。文句を言えば、脅《おど》して黙《だま》らせる。結局全額、妖精狩人に盗《と》られて終わりになるはずだ。

怒《いか》りよりも、村人たちの愚《おろ》かさに腹が立つ。

右掌《てのひら》に意識を集中し、銀の刃《やいば》を出現させながら、シャルは木立の中から躍《おど》り出た。

突然《とつぜん》のシャルの出現に、妖精狩人たちは驚《おどろ》いた様子だったが、それでもさすがは狩人だ。二人が弓を構え、馬上からシャルに向けて矢を放つ。それが足元に突《つ》き刺《さ》さったのをかわし、シャルは三人の馬の足元に駆け込んだ。そして一気に、横薙《よこな》ぎにするように、三頭の馬の足首を浅く斬《き》った。三頭の馬は一斉《いっせい》に嘶《いなな》き、竿立《さおだ》ちになり、三人の妖精狩人を振《ふ》り落とした。三人がしたたか背を打ちつけて地面に転がると、馬は森の奥へ駆け去った。

デリックも剣《けん》を構えて飛び出してきた。しかし自分が手にしている剣が、錆《さび》だらけなのを見ると、地面に倒れた妖精狩人の二人を、次々に剣の柄《つか》で殴《なぐ》りつけて失神させた。

「カーシー、無事か！」

駆け寄ったデリックに、カーシーはすがりついて泣き声をあげた。

シャルは残った一人に近づくと、首元に剣を突きつけた。

「殺されに来たか？」

「待て、待て！」

首元に刃を向けられた妖精狩人が、焦《あせ》ったように喚《わめ》く。

「待て、やめろ！　やめてくれ。おまえは、見逃《みのが》してやるから！　お、俺たちは一匹《いっぴき》でも妖精が捕《つか》まえられればそれでいいんだ、だから！」

「お、い、い、おまえは、見逃す？」

その会話が耳に入ったらしく、デリックが顔色を変えた。

「おい、じゃあ、テッド爺《じい》さんの所にも、妖精狩人が!?」

「別の仲間が、別の妖精を捕まえるために動いているのか？」

問うと、妖精狩人は頷《うなず》く。

「お、俺たちの仲間が、愛玩妖精《あいがんようせい》を捕まえに」

シャルは、舌打ちと同時に、妖精狩人の腹に蹴《け》りを入れて失神させた。

——彼らが危ない。

シャルは森の中を、川の下流に向けて駆け出していた。それを見たデリックとカーシーは、焦ったように立ちあがり、追って来た。

別に、テッド爺さんとその息子《むすこ》を名乗る妖精を、助ける義理はない。だが記憶《きおく》をなくし、何も分からずこの森で暮らす、幸運にも、いい人間に拾われた妖精の身の上は、まったく自分の境遇《きょうぐう》と同じだ。そんな仲間を、見殺しにするのは寝覚《ねざ》めが悪い。

「父だ」と、恥《は》ずかしそうに口にした妖精の微笑《ほほえ》みが、とても柔らかで温かかったから、それを消したくないと、なぜか思った。

テッド爺さんの小屋へ、シャルは行ったことがなかった。しかし森の中にある、細い獣道《けものみち》を辿《たど》っていけばいいと以前聞いていたので、迷うことはなかった。これは近道で、ロイド村から続く道を行くよりも半分の時間で、テッド爺さんの小屋に着けるという。

妖精狩人たちがロイド村から出発していたとするならば、ぎりぎり妖精狩人たちよりも早く、小屋に到着《とうちゃく》できるかもしれない。

森の中を駆けていくうちに、薪《まき》小屋の燃える、きな臭さが消える。そしてかわりに別の香りがした。

甘い香りだ。

――これは。

駆け続けると、その香りが強くなってくる。すると胸の中で、自分を呼ぶ声が徐々《じょじょ》に強くなってきた。

――シャル。シャル。……シャル！

胸の中が、熱くたぎるような感覚にシャルは耐《た》える。呼ばれれば、呼ばれるほど、息が苦しくなる。

――誰だ？

心の中で問う。しかし声は、ただシャルの名前だけを呼ぶ。

――シャル。シャル！

急いで、仲間の所へ行ってやらなければならない。歯を食いしばる。けれど耐えがたいほどに、熱は増していく。

――誰なんだ!?

叫《さけ》びだしそうになった、その瞬間《しゅんかん》。細い獣道が続く目の前の森の様相が、一変した。

太く真っ直《す》ぐな木々の幹に遮《さえぎ》られていた視界が、突然開けて白っぽくなる。それはその場所に群生している木々が、大人の背丈《せたけ》ほどしか高さのない、華奢で白っぽい幹と枝のある、変わった果樹だったからだ。枝の先に鶏《にわとり》の卵ほどの大きさの、つやつやと真っ赤に熟《う》れた、小さな林檎《りんご》がたわわに実っている。砂糖林檎の林だった。

シャルは瞬間、息が止まった。足を止める。真っ赤な実に視線が引き寄せられ、そして甘い香りが全身を包む。

甘い香りは体の隅々《すみずみ》まで満たし、そして眠《ねむ》っていた全《すべ》てを揺《ゆ》り起こす。

「……アン……」

なぜか、突然、その名前が口をついて出た。

心の中の声が、今までで一番大きくはっきりと呼ぶ。

――シャル！

シャルは思わず、両腕《りょううで》で自分の胸を抱《だ》くようにし、体を前のめりにした。

足元から、まるで大きなうねりが突き上げてくるように、一気に、様々なことがシャルの中に蘇《よみがえ》る。

――アン！

そこにある愛《いと》しさにやっと気がつき、抱きしめた。

――そうか、俺は。

デリックとカーシーが、やっとシャルに追いついてきた。二人は、シャルの様子に驚いたらしく、慌《あわ》てて左右から駆け寄ってきた。

「どうした、おい。怪我《けが》でもしたか!?」

デリックは真っ当な心配の仕方をしたが、

「この林檎、食べたの!? これテッド爺さんに、前にもらって食べたら、渋《しぶ》くて不味《まず》かったのに！」

カーシーは、妙《みょう》な心配をしてくれた。シャルは、思わず吹《ふ》き出す。

――そうか。こんなところに、あったのか。

急に笑い出したシャルに、カーシーとデリックは、二人で顔を見合わせる。

秋になってずっとシャルを焦《あせ》らせていたのは、砂糖林檎の香《かお》りだ。この香りが微《かす》かに森の中に漂《ただよ》っていたからだ。そして、気がついた。自分が、とてつもなく幸運だと感じ続けていた、その理由。

シャルのことを思う恋人《こいびと》の願いが、彼女の砂糖菓子《がし》には宿る。その砂糖菓子は、きっと空前の規模で作られたはず。

それは職人たちが、自らのために祈《いの》りながら作った砂糖菓子だ。作った人の手数だけの願いが在り、その数だけ、幸福を呼ぶ力がある。空前の規模で作られた砂糖菓子は、きっと、ありえないほどの幸福を王国の至る所にまき散らした。

それが、シャルにありえないほどの幸運を授《さず》けたのだ。

シャルは恋人に、「俺のために作れ」と言った。彼女は、シャルのために作ったに違《ちが》いない。王国に降り注ぐ幸運の中には、アンの願った幸運もある。きらきらと光る、銀砂糖の粒《つぶ》のように、シャルの上に降っていたはずだ。

だからあの激流の中に、ラファルと共に落下した自分が、助かった。そして気のいい兄弟に助けられた。

──ラファルと共に、死を覚悟《かくご》したあの瞬間。確かに、俺も信じた。

あの瞬間のことを思い出した途端《とたん》、ぎくりとして笑いが止まる。

──あれは、ラファルだ！

テッド爺さんが息子と言っていた妖精《ようせい》は、ラファルだ。間違《まちが》いなかった。

しかしラファルもまた記憶を失っているらしく、さっきまでのシャルと同じように、なにも分かっていない状態だ。でなければ人間と共に暮らし、あんな笑顔《えがお》を見せるはずがない。

ラファルが記憶を取り戻《もど》す前に、もう一度、今度こそ、息の根を止めなければ。彼の記憶が戻ってしまったら、きっとまた災《わざわ》いの元になる。

シャルは顔をあげると、デリックとカーシーに、ちらっと視線を向けた。

「おまえたちは、来るな」

「え？」

「なんだって？」

言い置くと、シャルは駆《か》け出した。カーシーとデリックは、わけがわからないというようにぽかんとしていたが、すぐに、シャルの命令を無視して、後ろから駆けてくる。舌打ちしたいない。

気分だったが、とりあえず、テッド爺《じい》さんの小屋の状況《じょうきょう》を確認《かくにん》するのが先決だった。

妖精狩人《かりゅうど》たちは、もう到着してしまったかも知れない。そうなっていれば、ラファルはきっと妖精狩人たちを殺す。ついでに、テッド爺さんも殺しかねない。

吹き抜《ぬ》ける秋風に押されるように、シャルは身を低くし、駆け続けた。そして黄色く色づいた木々に囲まれた、小さな小屋の前に出た。小屋は静かだった。妖精狩人たちは、到着していない。

息を整えながら、一歩一歩、シャルは小屋に近づいた。近づきながら右手に意識を集中し、銀の光を集めて剣《けん》を出現させて握《にぎ》りしめる。一歩ごとに、緊張《きんちょう》が高まった。

——ラファル。

その時、小屋の扉《とびら》が開いた。

水くみ用の桶《おけ》を手に戸口から出てきたのは、薄青《うすあお》と薄緑《うすみどり》を混ぜ、金色の光を混ぜ込んだような、曖昧《あいまい》な髪《かみ》色の妖精だった。彼は近づいてくるシャルに気がつくと、目を瞬《またた》いた。

「あなたは……あの時の」

訝《いぶか》しげな表情なのは、シャルの手にある剣が何のためなのか、測りかねているからだろう。

「どうしたダレル」

戸口で立ち止まったラファルを心配したように、テッド爺さんが顔を覗《のぞ》かせた。彼はすぐに、シャルが手にする剣に気がついたらしい。みるみる表情が険しくなり、警戒《けいかい》するように身構え

る。

「なんじゃ、おまえは流れ者兄弟のところの、用心棒じゃな。何の用じゃ」

ラファルも警戒の色を見せ、顔を覗かせたテッド爺さんを背後に庇《かば》うようにした。

「父さん。中に入っていて」

「平気じゃ。おまえこそ、中に入れ」

テッド爺さんが、ラファルの背後から、彼の肩《かた》に手をかけて押しのけようとするが、ラファルは頑《がん》として動かない。じっとシャルを見つめる。

「なんだ？　あなたは、いったい。なにをしに来た」

その様子に、シャルは足が止まった。

──ラファル。

ラファルの背後には、テッド爺さんがいる。彼の羽は、テッド爺さんの目の前に、無防備にさらされているのに、ラファルは安心しきって背中を向けている。

──ありえない。ラファルであれば、ありえない。

しかし彼は、間違いなくラファルだ。それでも、その行動や表情が、彼とは思えない。

──ラファルとは、別の妖精のようだ。

今の彼は、過去のラファルとは別のラファルだ。

記憶《きおく》をなくして真っ白になったラファルは、生まれ変わったように、きっとこの老人と共に新しいラファルの人生をはじめたのだ。

シャルもそうなるはずだったのだろう。けれどシャルは、過去に引き戻されるべき理由があった。だから思い出すことができた。

もしラファルが過去を思い出すことなく、ずっと今のラファルでいられ続ければ、ラファルはきっと、今までと全く違った生き方が出来る。別のラファルとして、生きていけるはず。

しかし。

──思い出さなければ、だ。

シャルは、剣の柄《つか》を強く握った。

──もし過去の自分を思いだしたら、ラファルは、また……。

「わしの息子《むすこ》に、なにか用かと訊《き》いておるんじゃ！」

シャルの殺気を感じたように、テッド爺さんがいきなり大声で喚《わめ》くと、ラファルを強引《ごういん》に押しのけて前に出てきた。ラファルは焦《あせ》ったように、老人の腕《うで》を背後から握る。

「父さん、中へ入って」

「用件は何じゃ！」

「いいから、入って！」

ラファルも、シャルの殺気を感じているらしく、鋭《するど》くシャルを視線で牽制《けんせい》しながら、必死でテッド爺さんの腕を摑《つか》む。

——ラファル。

喚くテッド爺さんを背後に庇い、ラファルはシャルを睨《ね》めつけた。

——必死だな、ラファル。剣も持っていないのに……。

それでもラファルは、父親を庇い、怯《ひる》む気配はなかった。

——今なら、簡単に殺せる。

ラファルは、殺気をみなぎらせてシャルを睨めつけている。その殺気は、過去のラファルと同様に鋭い。だが今、彼の背後にいるのは、彼が父と呼ぶ人間だ。

彼は人間を庇っている。

シャルはため息をついて、肩の力を抜いてしまった。

人間を庇って、武器も持たないのにシャルの前に立ちふさがったラファルは、過去のラファルとは別のラファルだ。今の彼を到底《とうてい》斬り殺すことなど出来そうもなかった。

——賭《か》けてみよう。

こちらを見つめるラファルを、シャルは見つめ返した。

いつか彼が記憶を取り戻したとき、この老人との絆《きずな》が、思い出した彼の過去よりも大切になっているかもしれない。そうなったとき、きっとラファルは、過去の自分と地続きでありながらも、別の生き方を見つけられる。

もし過去の自分を思い出し、そして、その過去に引きずられ、過去が老人との絆を上回るこ

とがあれば、

——その時こそ、俺が、ラファルを探し出して滅《ほろ》ぼそう。

これはきっとラファルに与《あた》えられた、幸運の一欠片《かけら》だ。

砂糖菓子職人《がし》たちが、沢山《たくさん》の手で、様々な幸運を祈《いの》って作り上げた砂糖菓子が、その周囲を巡《めぐ》る人間や妖精に幸運をもたらしたのならば、きっとそうなのだ。ラファルの上にも、きらかな幸運が降ったのだ。たった一欠片であろうとも。

「妖精狩人が、おまえを狩《か》りに来る」

シャルは、静かに告げた。するとラファルの表情が変わり、テッド爺さんは顔色をなくした。

「デリックとカーシーの小屋も、焼かれた。俺を狙《ねら》ってのことだ。じきに妖精狩人は、ここにも来る。その前に、逃《に》げろ。この村の周囲を離《はな》れ、どこか安全な場所へ移動したほうがいい。かなり北だが、ビルセス山脈の辺りならば、人の手が入らない土地は多い」

見つめると、曖昧な色の瞳《ひとみ》が、不思議そうに瞬く。

「それを知らせに来てくれたのか？」

「……ああ」

それでもラファルは、腑《ふ》に落ちないような表情だった。さっきまでシャルがラファルに向かって放っていた殺気は紛《まぎ》れもなく本物だったから、彼が当惑《とうわく》するのも無理はない。

「シャル！　おい！」

ようやく、デリックとカーシーが追いついてきた。激しく息切れしながら小屋の前にやって来た彼らに、シャルは告げた。

「この村の周囲にいたら、おまえたち兄弟も、どんな目にあうか分からない。二人とも、テッド爺さんと、こいつと一緒《いっしょ》に、村を離れろ」

「そうするしかないだろうなぁ、村の連中が妖精《ようせい》狩人まで呼ぶんじゃ。おい、爺さん。逃げようぜ。金目のものだけ、持って行きなよ」

デリックが顎《あご》をしゃくると、テッド爺さんとラファルは、慌《あわ》てて小屋の中にとって返した。

カーシーが、肩をすくめた。

「俺たちのものは全部、薪《まき》小屋と一緒に燃えちゃった」

「いいさ、金目のものなんかなかったし。しかも俺たちは準備万端《ばんたん》だ。サウスセントに手紙も出してある。今年の冬越《ご》えは、そこでできる。楽勝だ」

気楽に言うデリックに、カーシーは朗《ほが》らかな笑《え》みを返す。

「そうか。そうだな」

すぐに、テッド爺さんとラファルが出てきた。テッド爺さんは、なぜか大きな鍋《なべ》を背中にくくりつけていたが、荷物はそれだけらしい。ラファルはマントを身につけ、フードを頭から被《かぶ》っている。

「よし、行け。妖精狩人が来る」

シャルが言うと、四人は駆《か》け出す。だがシャルが動く気配がないので、すぐに四人の足が止まり、ふり返った。

「どうしたの、あんた。早く！」

カーシーが声を張り上げて手招きしたが、シャルは微笑《ほほえ》んだ。

「俺は行かない」

「どうして!?」

目をこぼれ落ちんばかりに見開いて、カーシーが、こちらにとって返そうと一歩踏《ふ》み出しかける。しかしシャルは手をあげて、仕草でそれを押しとどめた。

「帰る場所を、思い出した。大切な人を、思い出した」

「……え……」

一瞬《いっしゅん》、カーシーの表情が消えた。しかしすぐに、落胆《らくたん》とも哀《かな》しみとも言えない表情になる。

「世話になった。カーシー、デリック。おまえたちは、いい人間だ。俺は、おまえたちの仲間になって、幸運だった。だが、俺の大切な人が待ってる。俺は、帰る」

「そうか。思い出したのか。でも……俺」

シャルを見つめるカーシーの瞳が潤《うる》む。するとデリックが、カーシーの肩を叩《たた》く。そして、シャルに向かってにやっと笑う。

「帰ってやれ、シャル。大切な人だろう？　なあ、カーシー。嬉《うれ》しいことだろう？　シャルは大切な人の所へ帰れるんだぞ」

カーシーは鼻をすすり上げ、デリックの顔を見ると、うんと頷《うなず》く。

テッド爺《じい》さんとラファルが、焦ったようにカーシーとデリック、シャルを見やるが、なにも言わずに待つ気配だ。

「行け、デリック。カーシー」

重ねて言うと、デリックは、ちょっと顔を歪《ゆが》めた。カーシーは、ぱっと笑った。泣き笑いのような笑顔で、

「うん、行くよ。あんたの、大切な人によろしく！」

言うと、くるりと背を向ける。

「行け！」

シャルの言葉を合図に、四人は森の奥へ向けて駆け出した。

森の木立の中へ姿が消える寸前、カーシーとデリックは、ちらっとシャルをふり返った。そしてラファルも一瞬だけ足を止め、シャルに黙礼《もくれい》し、駆け去った。

彼らが去ったのと同時に、ロイド村の方向に延びる道から、蹄《ひづめ》の音が聞こえてきた。

シャルは目を閉じ、馬の数を知ろうと音に集中する。おそらく、馬は二頭。妖精狩人《かりゅうど》はたった二人だ。簡単に片付けられるだろう。

カーシーとデリックはサウスセントで、また今までと同じように生きていくだろう。間が抜《ぬ》

けていて、お人好《ひとよ》しだが、彼らは互《たが》いを大切な存在として、支え合って生き続けるはず。

そしてラファル。彼は記憶《きおく》が戻《もど》るまでは、テッド爺さんを父親とし、きっと父を守ることに必死に生きていく。テッド爺さんも、亡《な》くした息子《むすこ》の代わりに、きっとラファルを大切にする。

そして時間が経《た》って、彼ら四人はどう変わっていくのだろう。

彼らの未来は想像出来なかったが、なぜか悪い予感はしない。それはシャルの周囲に満ちる、甘い香《かお》りのせいかもしれない。

砂糖林檎《りんご》の香りだ。

──彼らに、幸運を。

今一度願い、目を開け、剣《けん》を構えた。シャルは妖精狩人を迎《むか》え撃《う》つ準備をする。

──妖精狩人たちを倒《たお》したら、帰ろう。

愛《いと》しい恋人《こいびと》の元へ、やっと帰れる。

嬉しさがこみあげる。

胸の中に響《ひび》いていた、シャルを呼ぶアンの声が、今一層強くなる。

彼女はずっと、シャルの帰りを待っているはずだ。あれから一年経ってしまったが、一年でも、二年でも、彼女は待っているはずだ。命がある限り待ち続けるはずだ。

一年待たせてしまった。だから、早く帰ってやらなくてはならない。アンのもとへ帰り着いたら、飽《あ》きるまで抱《だ》きしめて、口づけたい。

――アン。

胸に響く彼女の声に、心の中で応《こた》える。

――すぐに、帰る。

剣を握《にぎ》り、シャルは駆け出した。

砂糖林檎の甘い香りを纏《まと》って、シャルの片羽は、明るい秋の日射《ひざ》しに流れて輝《かがや》く。

赤い木の実は、今年もたわわに実っている。

もう一人のアン・ハルフォード

ルイストンにある砂糖菓子店《がし》「パウエル・ハルフォード工房《こうぼう》」は、昨年の冬に開店してすぐに、ルイストンでも人気の砂糖菓子店の一つになった。

この工房で砂糖菓子を作るのは、前銀砂糖子爵《ししゃく》の子息キース・パウエルで、彼が作る端整《たんせい》な砂糖菓子に、注目が集まった。しかしルイストンに住む若い娘《むすめ》たちは、彼の作る砂糖菓子よりも、彼自身に注目した。熱い視線を送る者も、一人や二人ではなかった。

「パウエルさん。こちらの銀砂糖の樽《たる》はどこへ置きますか?」

声をかけられて、キースは顔をあげた。

仕事が一段落した昼食前の時間で、キースは、中庭にある井戸《いど》で顔を洗っていた。濡《ぬ》れたままの顔をあげ、手を振《ふ》って水を散らしながら、声をかけてきた見習いに微笑む。

「そうだね、作業場の中へ入れておいて。それを運んだら、君もお昼ご飯を食べて。午後も仕事は沢山《たくさん》あるから」

言うと、見習いは「はい」と素直《すなお》に返事して、樽を手にしてきびすを返し、建物の中へ入る。

見習いの背にある一枚の羽が、明るい秋の日射しに滑《なめ》らかなピンク色の光沢《こうたく》を見せる。

昨年の秋。銀砂糖が地上から消えるやもしれないという危機を脱《だっ》した後、キースは、工房の仕事に本腰《ほんごし》を入れた。見習いとして工房に五人を雇《やと》い入れたが、彼らは全員、ホリーリーフ城でキースが指導した妖精《ようせい》だ。沢山の妖精たちを指導したが、彼らは特に、キースを信頼《しんらい》してくれた連中だった。

——よく働いてくれる。

ベルトに挟《はさ》んであった布で顔をふくと、自然と満足の笑《え》みが洩《も》れる。

この工房で働く見習いたちが妖精であることは、街の人々の興味を引いている。

昨年の秋、ルイストンの通りを埋《う》めつくした砂糖菓子の美しさと、度肝《どぎも》を抜く規模は、街の住人の記憶に鮮明《せんめい》に残っている。砂糖菓子を目にした人々の感想はあれこれとあったが、その中には、妖精たちが練りあげた銀砂糖は、特に滑らかで発色がいいという評判も聞こえていた。

その妖精たちを見習いとして雇うキースの工房は、その点でも注目されている。

自分も昼食を取ろうと歩き出したが、中庭の隅《すみ》に置かれた看板に目が行く。

煉瓦《れんが》の壁《かべ》に、キースの背丈《せたけ》ほどの看板が立てかけられている。色も塗《ぬ》られていないし、文字も彫《ほ》りかけだ。まだ作製途中《とちゅう》のそれは、木彫《きぼ》りの得意な銀砂糖妖精見習いが、店の入り口に掲《かか》げてはどうかと提案し、仕事の合間に、試行錯誤《さくご》して作ってくれているものだ。

そうやって店の看板を気にしてくれる、銀砂糖妖精見習いたちの、仕事に対する熱心さが嬉《うれ》しかった。

「……でも、どうするかな……」

キースは看板の前に立ち止まり、苦笑いした。

看板の文字の下書きは「パウエル・ハルフォード工房」とある。

蠟石《ろうせき》で下書きされた、装飾《そうしょく》的な「ハルフォード」の文字に、キースは触《ふ》れてみる。

「アン」

空前の砂糖菓子を完成させてから、ほぼ一年間。アンは、ルイストン郊外《こうがい》にある、自分が建てた小さな家を離《はな》れようとしなかった。行方《ゆくえ》が分からなくなったシャルを待つためだ。帰るかどうかも分からないシャルを待ち続けるアンが痛々しくて、キースはことあるごとに彼女を訪ねていった。アンはシャルを待ちながらも、キースが本格的に商売をはじめた、パウエル・ハルフォード工房のことを気にかけていた。共同ではじめた工房なのだから、自分も仕事をすると言ってくれた。

だがキースは、それをやんわりと断った。「シャルを待っていればいいよ」と、笑顔で言って、いつもアンの家を辞したのだ。シャルを待ち続けているアンを、無神経にも「一緒《いっしょ》に仕事しよう」と言って、連れ出したくなかった。

シャルは帰ってこないかも知れないと、キースは思っていた。けれど、アン自身がそれを納《なっ》得《とく》し、もう「待つまい」と決意するまでは、無理強《むりじ》いはしたくなかった。

けれどシャルは、帰ってきた。

シャルの帰還《きかん》は嬉しかった。心から、安堵《あんど》した。

シャルがもし永久に帰ってこなければ、いつかアンは、自分の恋人になってくれるかもしれない。そんな淡《あわ》い期待が、ないわけではなかった。それでも、その期待がただの期待で終わった残念さよりも、シャルの帰還の方が、数十倍嬉しかった。それが自分でも意外だった。

「君と一緒に、工房をするべきなのかな？」

看板の文字に問いかけてみる。

アンは今ようやく、気持ちが落ち着いたようにみえる。小さな家で、シャルとミスリルと過ごして、自分の作りたい砂糖菓子を作り、満足している。アンはもう少し落ちつけば、工房に仕事に来ると言っていたが、果たしてそれは、良いことなのだろうか。

アンはあの小さな家で、心を込めて作りたいと思える砂糖菓子を、こつこつ作り続けるのが似合っている。

今のパウエル・ハルフォード工房は、けっこうな人気店になっていた。ルイストンの街中で、ひっきりなしにやって来る客の注文に応《こた》え、砂糖菓子を作り続けるような店だ。キースですら、注文主の顔をすぐに忘れてしまう。しかしそうしなければ仕事は回せない。次々に、客に応えて行くにはそうするしかない。

「あの、パウエルさん？」

看板を前に立ち尽《つ》くしていたキースの背後から、声がかかった。ふり返ると、さっき銀砂糖の樽を運んでくれた見習いの銀砂糖妖精だ。彼は困惑《こんわく》顔だった。

「どうしたの？　お昼は？」

「お昼は、これからです。けれどその前に、あの……店に妙《みょう》な客が来て。パウエルさんに会わせろとごねてまして」

「妙な客？」

「アン・ハルフォードだと名乗っているんですが」

「アンが店に？　どうしたんだろう。何で裏から入ってこないのかな」

「いえ、それが。アン・ハルフォードさんと言っても、別の」

銀砂糖妖精見習いは、どう説明したものかと、困惑した様子だった。

「いいよ、僕が呼ばれているならば、僕が出るから。君は昼食を済ませて」

気軽に請《う》け合い、キースは手を振って建物の中に入った。銀砂糖妖精見習いたちが食事している台所を抜《ぬ》け、廊下《ろうか》を挟んだ所にある作業場を通り抜けると、店舗《てんぽ》になっている。

店舗へ続く扉《とびら》を開くと、店内が見渡《みわた》せた。けれどそこには、誰《だれ》の姿もなかった。

「いないのかな、アン？」

カウンターに近づきながら、小首を傾《かし》げつつ呟《つぶや》くと、

「います！」

突然《とつぜん》、カウンターの向こう側から甲高《かんだか》い声が聞こえたので、思わず「わっ」と声が出てしまった。

「ここにいます！　わたしは、ここにいます！」

声はカウンターの向こうから聞こえてくるのに、姿が見えない。

カウンターに近づくと、そろりと上から、カウンターの向こう側を覗《のぞ》きこんだ。するとそこには、五、六歳の女の子がいた。

青空のような瞳《ひとみ》に、真っ直《す》ぐな黒髪《くろかみ》だ。異国の愛らしい人形を思わせる容貌《ようぼう》だったが、身につけているのは、着古してあるうえに大きすぎる綿シャツと、膝丈《ひざたけ》のねずみ色のズボンだ。

大きな真っ青な瞳と、目が合う。

「君、どこの子？　お母さんかお父さんの、お遣《つか》い？」

問うと、女の子は胸を反らし、なかなか威張《いば》った態度で告げた。

「わたしは、アン・ハルフォードなの」

「……………………え？」

とりあえず、それしか言葉が出なかった。一瞬《いっしゅん》、アンと同姓《どうせい》同名なのかと思ったが、

「知らないの？　お兄さん砂糖菓子《がし》職人なんでしょう？　ここの主人なんでしょう？　アン・ハルフォードを知らないの？　女の子の銀砂糖師よ」

と、堂々と、女の子はのたまった。

絶句してしまう。とりあえずこの女の子が、銀砂糖妖精見習いを困惑させた原因だと理解した。キースも、困惑した。どう見てもアン本人ではない。

「おまえは、アンじゃない」と言って、つまみ出せばことは簡単だ。だが、小さな子供は泣か

せたくない。出来るならば本人が納得してから、引き取ってもらいたい。

「えっと……………。それで？　君のご用件は？」

ようやくそれだけ問うと、女の子はさらに胸を張り、顎《あご》を反らして、キースの顔を見あげる。

「ここで働きたいの」

「見習いになりたいのかい？」

「見習いになりたいのじゃなくて、働きたいの」

「小さな子が砂糖菓子《がし》工房《こうぼう》に入って働くときは、まずは見習いになるんだよ」

「そうなの？」

きょとんとした目をする。キースは苦笑《くしょう》した。

「そのためにはまず、君のお父さんかお母さんが、僕のところで見習いをしていいと、許してくれなくちゃ駄目《だめ》だよ。許してもらえたら、見習いにしてあげるよ。アン・ハルフォードさん」

「大丈夫《だいじょうぶ》。お父さんはいない。お母さんは、働いていいって言った」

「じゃあ、君のお母さんを連れて来て。お母さんから直接、いいですよって聞いたら、見習いになれるから」

「お母さんは、駄目。病気で動けないから……」

女の子がキースから視線をそらし、徐々《じょじょ》に俯《うつむ》く。

──母子二人きりなのか。

そしてその母親が病で動けないとなると、生活はかなり苦しいだろう。

収入の途切《とぎ》れた母子がどんな惨《みじ》めな生活になるのか、キースには想像することしか出来ない。けれど俯く女の子が、急にしおれた様子になったのを見ると、相当に切羽詰《せっぱつ》まっているのかも知れない。綿シャツの襟首《えりくび》がうっすらと汚《よご》れている。秋も深まったこの季節に、よく見れば靴《くつ》下《した》もはかずに、素足《すあし》に木靴を履《は》いている。

女の子は、急にぱっと顔をあげてキースを見つめた。

「わたしは、アン・ハルフォードなの！　銀砂糖師の女の子なの！　だから、お母さんがここに来られなくても、働けるでしょう!?　だって銀砂糖師だもの」

「どこで覚えたのかな、銀砂糖師って」

苦笑してしまった。

この子は働きたい一心なのだ。だがこんな小さな子供、雇《やと》ってくれる場所は限られている。いいところ、商家の使い走りで小遣《こづか》い程度の駄賃《だちん》しかもらえない。最悪の場合は、妙な連中に騙《だま》されて、大陸に売られるかも知れない。

そういった状況《じょうきょう》を、この子は、なんとなく理解しているのだろう。だから真っ当に雇ってもらえる場所を探し、そしてその方法を思いついたに違《ちが》いない。それが、「アン・ハルフォード」と名乗ることだ。どこかで、女の子の銀砂糖師の噂話《うわさばなし》を耳にしたのだろう。

一年前の砂糖菓子の一件で、銀砂糖子爵《ししゃく》と並んで、エドモンド二世王と妖精《ようせい》王の砂糖菓子を作った職人、アルフ・ヒングリーとアン・ハルフォードの名前は、人々の口に上ることが多々ある。

しかしこの女の子は、アンの年齢《ねんれい》を、自分と大差ない年齢と勘違《かんちが》いしているようだ。彼女になりすますには無理があるのに、それが分かっていないようだ。

「銀砂糖師なの。アン・ハルフォードなの」

銀砂糖師を、無敵の称号《しょうごう》か何かと勘違いしているのか。とにかく「銀砂糖師」と言えばなんとかなるのではと、思っているらしい。

けれど女の子の必死さだけは、伝わってきた。嘘《うそ》をつくのは良くないことだが、彼女にとっては、苦肉の策なのだろう。

「そうだね、じゃあ」

カウンターの引き出しを開けると、そこに入っていた、注文を受けるときのメモ用紙を取り出す。羽ペンを引き寄せ、そこに文字を書くと、それを女の子に差し出した。

「はい、これを持ってお帰り」

「これ、なに?」

女の子は文字が読めないらしく、キースの書いた文字を、逆さにして見つめていた。

「『あなたの娘《むすめ》さんを、パウエル・ハルフォード工房《こうぼう》で、見習いとして働かせるつもりはありますか?』って、書いてある。この紙をお母さんに渡《わた》して。この紙の裏に、お母さんの名前と住所を書いてもらって。そして僕の工房で働いてもいいって、書いて欲しいんだ。それを持って来てくれれば、僕は君を雇えるよ」

貧しい生活をしたことのないキースは、その生活を想像するしかない。想像すれば、苦しいだろう、惨めだろうと思う。だから自分ができる限りのことは、やりたい。自分には、それくらいしか出来ない。

小さな女の子でも、働きたい意志があり、それを家族も了承《りょうしょう》するならば、働かせてやりたかった。あまりに幼いので、見習いは無理だとしても、雑用くらいならばさせられるはずだ。

「ありがとう！　お兄さん！　お母さんに書いてもらう！　すぐに、書いてもらう！　すぐにまた、戻《もど》ってくるから、待ってて！」

瞳を輝《かがや》かせ、女の子は胸にぎゅっと手紙を押しつけるようにして、店を出て行こうと背を見せる。しかし扉を開く直前、なにかを思い出したように、ふり返った。

「お兄さん、名前は？　帰ってきたとき、お兄さんを呼ばなくちゃいけないから。名前教えて」

しっかりした子供だなと、素直《すなお》に感心した。この子の日々の苦労が分かるようだ。ぼんやりしていては、生きていけないのだろう。

「キースだよ。キース・パウエル」

「そう。わかった。キースね。わたしは、アン・ハルフォードだから！」

はしゃいだような明るい声で言うと、女の子は店から飛び出していった。

「アン・ハルフォードか」

キースは、くすくす笑い出してしまった。


「キース！」

手を振《ふ》って、工房の中庭に入ってきたアンの姿が、キースには眩《まぶ》しくて、目をすがめた。秋の日射《ひざ》しが強いためかも知れなかったが、それればかりではないだろう。

この一年アンは、とてつもなく重いものを体の内側に抱《かか》えながらも、気丈《きじょう》に振る舞《ま》っていた。しかしそれにはやはり無理があって、キースのように敏感《びんかん》な人間が見れば、彼女が常に、打ちひしがれているようにすら見えていた。

それが今は、晴れ晴れとした笑顔《えがお》が眩しい。金色になりかけている髪《かみ》先や、指先、頬《ほお》が、ほんのりと光を纏《まと》っているかのように、綺麗《きれい》だ。全身で、愛することの喜びを語っているようだ。

「やあ、どうしたの？　来るって聞いてなかったから、驚《おどろ》いたよ。アンも、ミスリル・リッド・ポッドも」

「買い物に来たの。ミスリル・リッド・ポッドが、ワインがないって、昨夜、哀《かな》しそうな顔をするから」

「ワインは俺様の命の水だ！」

いつものようにアンの肩《かた》にちんまり乗った水滴《すいてき》の妖精は、飲んべえ丸出しの恥《は》ずかしい発言を堂々とする。

「それに、工房のこともキースと相談しなくちゃと思って。キース、午後の作業開始まで、まだ少し時間があるよね？　話をしても大丈夫？」

「ああ、いいよ。少しくらい時間は融通《ゆうずう》が利《き》く。なにしろ見習い五人と、雑用係が一人いるから、手は充分《じゅうぶん》あるんだ」

昼休みの間、キースは自分の部屋で経理関係の書類を整理していた。午後の作業の開始時間が迫《せま》ってきたので、書類仕事を一旦《いったん》中止し、中庭に出てきたところだった。

「ごめんね、キース。この一年、とても気を遣《つか》ってもらったのは分かってるの。正直、とってもありがたかった……」

シャルが不在だった一年の苦痛を思い出したのか、アンは少しだけ眉根《まゆね》を寄せ、井戸《いど》の縁《ふち》に腰《こし》を預けた。

思い出すだけでも辛《つら》いのは、当然かもしれない。

一年もの間、不安と哀しみにさらされ続けた心が、まだ完全に立ち直りきっていないのだと、キースはアンの表情から感じた。

シャルはアンの元に戻ってきて、二度と離《はな》れないと誓《ちか》っている。けれど一年間、彼の不在に耐《た》え続けたアンが、また、ふいにシャルがいなくなってしまうのではないかと、そんな不安を感じても不思議ではない。

耐えた一年が辛ければ辛いほどに、今が幸福で、幸福だからこそ不安に苛《さいな》まれるものだ。

ミスリルもそれに気がついているのか、一瞬《いっしゅん》だけ、ちらりと心配そうにアンを見やる。

「でもね、シャルが帰ってきてくれたから」

不安を払《はら》いのけるように、アンは笑って顔をあげた。

「だから共同経営者として、仕事を始めなくちゃいけないと思って。いつまでもキースにばかり、任せきりじゃ駄目《だめ》だもの。職人として、工房経営も出来るようにならなくちゃ。一人前じゃないでしょう？」

「そうだね。君がやる気になってくれたのは、いいことだよ。嬉《うれ》しいよ。けれど」

「明日から毎日、工房に来るわ。経理とかは、キースに教えてもらわなくちゃいけないけど。工房で受けている砂糖菓子《がし》作りの仕事は、できるもの。今、どんな仕事を受けてるの？」

「えっと、そうだな。一番早い納期が、明後日《あさって》、ブルーム商会の設立記念のもので。次は、近所の娘さんが結婚《けっこん》するからって、その祝い用に。次がサウスセントに所領がある伯爵《はくしゃく》の……なんだったっけ……。詳細《しょうさい》は忘れたけれど、二十五件の仕事を受けてる。スケジュールを立てて、管理してるから。スケジュール表を見れば分かるけれど」

「そんなに沢山《たくさん》の仕事があるの？」

アンは目をまん丸にした。

「大忙《おおいそが》しね。わたしも、がんばらなきゃ。まずはブルーム商会の砂糖菓子よね。造形は決まってるの？」

「だいたいね」

「そこの商売とか、ご主人の好きなものとか？」

「さあ、どうだったかな。形を決めたとき、あまり話をしなかったから……」

そこまで口にして、キースはひどい違和感《いわかん》を感じ、アンを見つめた。

——アンは、一つ一つ、丹念《たんねん》に気持ちを込めて作る。それでこそ、アンらしい、アンにしか作れない砂糖菓子になる。けれど工房で作り続けるということは、こんなふうに、作る相手のことも知らずに受ける注文をこなしていくことになる、きっと。

それで、いいのだろうか。

アンらしさを殺し、商売のための砂糖菓子を、ここで一緒《いっしょ》に作り続けるのだろうか。

工房に見習いを入れ、妖精《ようせい》たちを雇《やと》うからには、儲《もう》けが出なくてはならない。それが正しい方向だ。沢山の仕事を取って、沢山の砂糖菓子を売ることは間違《まちが》っていない。

けれどそこに、アンを参加させていいものだろうか。

一年前、彼女が完成させた砂糖菓子を思い出す。アンは妖精王の姿として、シャルの姿を作り上げた。かつてキースもシャルの姿を砂糖菓子にしたことがあるが、大きさの違いを除外しても、根本的にまったく別物だと感じた。その作品のあり方、存在感が違いすぎるのだ。

アンは、あんなふうに、キースたちとは少し違う存在感を持つ砂糖菓子を作る。けれどそれも、彼女自身が心を捧《ささ》げるようにして、砂糖菓子に向き合うからこそ。

「キース？　どうしたの？」

「ああ、ちょっと。なんでもないよ。明日から、よろしくね」

沸《わ》きあがった自分の疑問を、軽く首を振って追い散らす。

アンのことは、アンが決めるべきだ。彼女が参加すると言って、やる気を見せている。しかも久しぶりに、キースと共に仕事をしてくれる機会だ。アンとの仕事は楽しいし、それを自分の思いつきのような疑問や不安で、台無しにしたくない。

「アン！　こら、アン！」

作業場の方から、銀砂糖妖精見習いの声が響《ひび》く。突然《とつぜん》名前を呼ばれたので、アンはびっくりしたように建物の方をふり返った。

「今、中から誰《だれ》かに呼ばれたけど」

きょとんとするアンに、キースは苦笑いした。

「今、工房《こうぼう》に雑用係の女の子を雇ってるんだ。その子の名前が、アン・ハルフォードなんだ」

「え？」

意味が分からないというように、小首を傾《かし》げるアンに、キースはもう一人の小さなアン・ハルフォードを雇うことになった経緯《けいい》を話した。

工房に押しかけてきた小さなアン・ハルフォードは、その日の夕方には母親が署名した手紙を持って来た。そして翌日から、雑用係として彼女を雇い入れた。

雇われてからも、彼女は頑《がん》として「自分はアン・ハルフォードだ」と主張した。銀砂糖妖精見習いたちが、からかい半分に「嘘《うそ》をつけ。本当の名前を教えろ」と言っても、涙目《なみだめ》で「アン・ハルフォード」と言い張る。

結局大人たちが根負けして、キースも妖精たちも、彼女のことをアンと呼ぶことになった。

「なんて迷惑《めいわく》な子供だ」

呻《うめ》くミスリルに、キースは首をすくめる。

「迷惑ではないけれど、混乱するよね。ごめんね、アン。けれどあの子、一生懸命《いっしょうけんめい》だから。つい許してしまって」

「ううん、そんなことはいいの。でも、明日からわたしがここに来たら、その子の立場がなくなっちゃう。わたしが、アンって呼ばれてたら、その子は困るわよね。わたし、あだ名とかで呼んでもらおうかな？」

「本物の方が呼ばれ方を変えるの？　あべこべだよね」

アンの発想が彼女らしくて、おかしかった。するとミスリルが、むうっと腕組《うでぐ》みする。

「なら、かかしって呼ばせるのか？」

「え……。ちょっと、それは嫌《いや》かも」

「じゃあ俺様が、素晴《すば》らしいあだ名を新しくつけてやる！　え〜と、え〜と」

腕組みして眉間《みけん》に皺《しわ》を寄せていたミスリルは、突然ぽんと手を叩《たた》き立ちあがった。

「『林檎《りんご》さん』というのはどうだ！」

「……」

「……」

アンもキースも、絶句した。ミスリルのネーミングセンスに期待していたわけではないが、あまりにも微妙《びみょう》だ。

「なんなんだ!?　その沈黙《ちんもく》！」

ミスリルが喚《わめ》いた、ちょうどその時。

「キース！　道具、綺麗《きれい》に並べたよ！」

台所の扉《とびら》が開くと、元気な声と共に、小さな黒髪《くろかみ》のアンが駆《か》け出して来た。彼女はアンの姿を見ると、びっくりしたように立ち止まり目を瞬《またた》く。

「お客様？　お茶の準備する？」

幼いわりには目端《めはし》が利く彼女は、雑用係としてやるべき仕事を心得ている。その賢《かしこ》さに驚《おどろ》いたように、アンが嬉しそうに微笑《ほほえ》み、小さなアンの目線にしゃがみ込む。

「すごいね、気がきく。でも大丈夫《だいじょうぶ》。わたしは、お客様じゃないから。明日からここで働く、砂糖菓子職人なの」

「砂糖菓子職人⁉　女の子なのに⁉　アン・ハルフォードみたい！」

　自分がアン・ハルフォードと名乗っていることをうっかり忘れているらしく、小さなアンは目をきらきらさせて、アンを見つめる。アンは、おかしさと照れが混じったように笑う。

「よろしくね」

「ねぇ、銀砂糖を練れる？」

「うん、練れるよ」

「見せて！」

　小さなアンが身を乗り出すので、本物のアンも、嬉しそうにキースをふり返って見あげる。

「キース。仕事場を少し借りていい？　銀砂糖を練って見せてあげたい」

「いいよ」

「じゃ、ちょっと銀砂糖を練ろうか？」

「わぁ、すごい。作業場はこっちだよ、来て、来て！」

　小さなアンに手を取られ、立ちあがって歩き出したアンの後を、キースは笑いをこらえながらついていった。

「ねぇ、お姉さんの名前は？　わたし、アン・ハルフォード」

　作業場に向かいながら、小さなアンが名乗ったので、アンのほうが、一瞬、うっと言葉に詰《つ》まる。肩《かた》の上のミスリルが、つんつんとアンの頬《ほお》をつつく。

「わたしは、その。り……林檎さんとか……呼ばれている、ような……気がする……」

ものすごく躊躇《ためら》いながら告げたアンの心中など知るよしもなく、小さなアンは屈託《くったく》ない笑顔《えがお》だ。

「そっか、林檎のお姉さんね！」

それを聞いて、ミスリルはむふふと満足そうに笑う。

小さなアンと、銀砂糖師のアンが手を繋《つな》いで作業場に向かう後ろ姿が、なんとなくおかしくて、可愛《かわい》らしかった。

作業場に入ると、アンは腕《うで》まくりをして、準備に取りかかった。勝手知ったる工房なので、ミスリルがてきぱきと道具の準備をする。小さなアンはその準備の様子を目線で追いかけ、覚えようとしているようだった。

準備が整うと、アンは冷水に指先を浸《ひた》し、石の板が張られた作業台の上に銀砂糖を広げる。

一定のリズムで、無駄《むだ》なく動く指を、小さなアンの瞳《ひとみ》が追う。

アンが銀砂糖を練る手つきを、小さなアンは真剣《しんけん》に見つめていた。

「銀砂糖、好き？」

練りながらアンが問うと、小さなアンは口をぽかんと開けて、一生懸命に銀砂糖を見つめながら、こくんと頷《うなず》く。

「好き。綺麗」

その答えに、アンは花がほころぶように微笑む。

その笑顔を見て、キースは胸がすこしだけ、きゅっと絞《しぼ》られるように甘く痛んだ。

――この笑顔は、永久にシャルのものだな。

ふと、そんなことを思った。


翌日からアンは、約束どおりパウエル・ハルフォード工房に顔を出すようになった。

今、工房が受けている仕事をこなすために、アンはキースの指示に従って、彼が注文主と決めた造形を作ってくれる。以前に比べ、アンの手の動きには無駄がない。そのためすこし、作業の速度が上がった気がする。

それなりに、砂糖菓子《がし》作りの仕事を楽しんでいるようだ。

けれどそんな作業の合間に、アンは小さなアンを相手にして、銀砂糖を練ってみせたり、要求されるままに、小さな砂糖菓子を作ってみせたりしていた。そんなときの方が、作業の時間よりもよほど楽しそうだった。

「なんだろう……」

お昼休み、キースは帳簿《ちょうぼ》の整理をしておこうと、二階の自室に入った。机の上に広げられた帳簿に向かって羽ペンを手に取ったが、数字を目で追う前に、視線は中庭の方へ落ちていた。

アンが井戸端《いどばた》に一人座りこんで、小さな銀砂糖の固まりをこね回し、形にしている。自分の好きな形を作っているらしく、口元に微《かす》かな笑みを浮《う》かべている。とても楽しそうだ。

今日の午後、納品予定の砂糖菓子を、今朝作り終えたばかりだ。間に合ったことにアンは安《あん》堵《ど》しているようだったが、もし可能ならば、もうすこし手を入れたいと、こぼしていた。

満足出来なかった仕事の代わりに、そうやって銀砂糖を形にしているように思えた。

——僕はアンを、工房《こうぼう》という枷《かせ》で、縛《しば》っているみたいだ。

毎日、アンが心から作りたいものを作る方が、彼女にとって幸せな日々のはず。

けれどアンもキースも、工房を持ってしまったが故《ゆえ》に、そこにこだわっている。アンがこの工房を、良い工房にしたいと思っているのも分かる。きっと世話になったペイジ工房のような、良いものを作り続け、職人が毎日充実《じゆうじつ》して楽しく働ける工房にしたいのだ。

けれどキースの目から見れば、アンの作る砂糖菓子は、工房向きの職人のものではない。

——アン自身が、自分は工房向きの作品をつくる職人じゃないと、わかっていないとするなら。それは僕から、助言するべきなのかな？　君は工房向きの職人じゃないし、工房運営できるような、器用なタイプでもないって。

けれど、ゆるやかな日射《ひざ》しの中、嬉《うれ》しそうに銀砂糖に触《ふ》れるアンの姿を、この場所で見ていられる今の状況《じようきよう》は、キースには心地《ここち》よかった。

――けれど……。そうしたら、僕とアンとの絆《きずな》はなくなる。絆が切れる。

工房の共同経営者であるという事実がなくなるのが、嫌だった。

自分の中にある、みっともない未練を感じて、キースは羽ペンを帳簿の上に転がした。机に両肘《りょうひじ》をつくと、額を両手で押さえる。

「キース？」

突然《とつぜん》、背後から呼ばれ、キースはびっくりして椅子《いす》の上で飛びあがった。

ふり返ると、小さな自称《じしょう》アン・ハルフォードが、盆《ぼん》を両手で捧《ささ》げ持って、扉の所に立っていた。盆の上には、スープを入れた皿がある。扉が開いたのに気がつかないほど、自分の思考に入りこんでいたことに、キースは我ながらうんざりした。

「アン。なに？」

「お昼ご飯持って来た。キース、食べてないって、みんなが言ってたから」

「そうだったね、食べてない。ありがとう」

無理に笑顔を作る。小さなアンは、机に盆を置くと、じぃっとキースの顔を見あげた。

「なに？」

「お母さんも……」

「え？」

「お母さんも今朝、そんな笑い方をした。すごく、嫌《いや》だった。笑ってるのに、見てたら哀《かな》しくなって、嫌だった」

胸をつかれた。敏感《びんかん》なこの子の感性にも驚いたが、それ以上に、この小さな女の子の事情を思い出し、彼女の生活の様子が良くないのだと、彼女の言葉から察せられたからだった。

「君のお母さんの病気は、良くない？」

「うん」

こくりと頷く。

「なにか出来ることある？　僕に」

「ないよ。でも、わたしにできること、ある？　キース」

小さなアンは青い瞳で真っ直《す》ぐにキースを見つめた。

「え？」

なにを問われたのか、一瞬《いっしゅん》分からなかった。しかしすぐに、彼女が、「キースのために、自分が出来ることはあるのか」と、問い返したのだと気がつく。

それはただ、反射かも知れない。おはようと挨拶《あいさつ》されたから、おはようと返す。それと、同じかも知れない。意識して他人を労《いたわ》るには、まだ彼女はあまりに幼い。

けれど反射的に返された労りは、心に優《やさ》しさがないと生まれないはず。

「ありがとう。アンにしてもらうことは、なにもないよ。今までと一緒《いっしょ》で、きちんと仕事してくれればいいから」

「うん。わかった」

頷いて部屋を出ていく小さな背中を見送りながら、不思議だなと思う。じりじりと、胸が焦《こ》げるようにわき起こりかけていた自己嫌悪《けんお》が、やわらいでいた。冷静になれていた。

——あんな小さな子に、負けていられない。

母親の具合が悪いのだろうが、それを顔に出すこともなく、毎日くるくると元気に働く彼女を、見習うべきだ。アンへの迷いで、気持ちを乱しがちになってしまうけれど、上手にそれと折り合いをつけよう。

もう一度、中庭のアンの姿をちらりと見て、キースは運ばれてきたスープに手をつけた。


その日も、アンは朝早くから作業場にいた。もちろん、本物のアンだ。銀砂糖妖精《ようせい》見習いたちが起き出す、少し前の時間。窓から射《さ》しこむ朝の光を背中に受けて、作業台に向かっているアンの姿を見て、キースは驚《おどろ》いた声をあげた。

「アン、君、昨日、家に帰らなかったの!? というよりか、昨日も、帰らなかったの!?」

アンは顔をあげて微笑《ほほえ》んで、

「あ、キース。おはよう」

と挨拶したが、顔色が悪い。

一緒に作業していたらしいミスリルは、丸椅子の座面に丸まって寝《ね》ている。うっかり者の尻《しり》に押しつぶされない限り、起きそうもない爆睡《ばくすい》ぶりだ。

「なんで家に帰って、ちゃんと寝ないの？　僕は、帰ってってお願いしたよね」

呆《あき》れるのを通り越《こ》して、すこし怒《おこ》った口調になってしまった。アンはこの二日間作業場に籠《こ》もって、家に帰っていない。アンは首をすくめた。

「うん、ごめん。でもこれが、完成しないから。今日の午前中までだし、この砂糖菓子」

「僕には、完成しているように見えるよ、アン。どこが気に入らないの」

注文は、意匠《いしょう》を凝《こ》らした二頭立ての馬車を形にした砂糖菓子だ。軽《かろ》やかな並足で、膝《ひざ》を曲げている馬の毛並み。黒塗《くろぬ》りの箱形馬車の艶《つや》感。馬車の車体を取り巻くように施《ほどこ》された、立体的な金と銀の蔓草《つるくさ》の装飾《そうしょく》。馬の頭に揺《ゆ》れる羽根飾《はねかざ》り。どれもキースには、完璧《かんぺき》に思えた。

「わからない。わからないけど、このままでいいって、思えない。だから、ね。ぎりぎりまで、手を加えていい？」

懇願《こんがん》されると、嫌とは言えなかった。アンは真剣に砂糖菓子と向き合っているのだから、それを止《や》めろと言えない。

「わかったけど……。僕はシャルに、こっぴどくいじめられそうだよ」

肩《かた》を落としたキースの背後で、台所の方へ続く扉《とびら》が、小さく軋《きし》んで開く。アンとキースがふり返ると、小さなアンが、ぎょっとしたような顔で、扉にすがりついて立ちすくんでいる。

「あれ？　どうしたの、こんなに早く」

雑用係のアンはいつも、銀砂糖妖精見習いたちの朝食が終わる時間に出勤すると決まっていた。空にはまだ薄紫《うすむらさき》の夜明けの雲がたなびいているのに、こんな時間に顔を見るのは初めてだ。

小さなアンは、作業場に人がいると思っていなかったらしい。キースに問われると、うろうろっと目を泳がせて、すぐに扉の向こうへ引っ込んだ。快活な彼女に珍《めずら》しい、愛想《あいそ》のない態度に、アンは首を傾《かし》げる。

「どうしたのかな？　アンちゃん」

「さあ。また後で訊《き》いてみるよ。それよりも、アン。納期には間に合うように、納得《なっとく》してね。ぎりぎりで今日の正午だよ」

「わかった」

アンは表情を引き締《し》めて、また作業に取りかかった。

それから数時間、アンは休まなかった。ミスリルは日が高くなるとようやく起き出して、アンの手伝いを続けた。しかし、なかなか納得出来ないらしく、アンは砂糖菓子《がし》の造形に、あれこれと細部にわたって手直しを繰《く》り返している。

正午近く、額に汗《あせ》を浮《う》かべ、アンは少し焦《あせ》った様子で、砂糖菓子の最後の仕上げに取りかかっていた。

銀砂糖妖精見習いたちは、アンが使う細いヘラの動きを感心したように眺《なが》めているが、同時に焦りの色も浮かべている。納期が迫《せま》っている。今日の午前中までに、と客には約束してあるのだ。

「ねぇ、アン」

キースは窓から射しこんで、床《ゆか》に伸《の》びる日の光に目を向ける。窓枠《まどわく》の影《かげ》が落ちる位置から、太陽の位置が分かる。もうすぐ正午になるはずだ。客はルイストン在住なので、見習いたちが、できあがったものを急いで運べばぎりぎり、といった時間だ。

アンも時間は分かっているのだろうが、

「もう少しだけ」

と言い、馬車の屋根に絡《から》みつくようにつけられている、蔓草の飾《かざ》り付けの位置を直している。

だがその言葉が終わるか終わらないかの時、聖ルイストンベル教会の、正午の鐘《かね》の音が聞こえた。さすがのアンもはっと顔をあげ、それから惜《お》しそうに自分の手元に目を落とすと、ため息をついた。

「ごめんなさい。もう、いいよ。完成にするから」

それを合図に、五人の銀砂糖妖精見習いたちが、一斉《いっせい》に砂糖菓子を運ぶ準備に取りかかった。作品の上に細い木の枠《わく》を被《かぶ》せ、保護布を被せる。

それを見届けると、アンはどことなくしょげた顔をして、台所へ向かう。

「アン。どうしたの？　疲《つか》れた？」

台所の椅子に座って、ぺたりと食卓《しょくたく》に頬《ほお》をつけているアンの隣《となり》に座り、キースは優しく訊く。

「大丈夫《だいじょうぶ》。疲れたわけじゃない。ただ、さっきの砂糖菓子。何回やっても、満足出来ないの」

「僕には、とてもいい完成品に思えたけれど」

「そうなのかな？　でも、なんとなく。自分が『これでいい』って思える形にならない。違《ちが》う……『これでいい』って形が、わたしは、見えてないんだ。きっと」

アンの呟《つぶや》きを聞いて、キースは唇《くちびる》を嚙《か》む。

――それはきっと君のせいじゃない、アン。君が求めているものと、工房《こうぼう》が作るべき砂糖菓子が、違うだけなんだ。

アンは、作るべき形を自分の中に確立し、それを追って形にする。その形を自分の中に確立するためには、きっとアンは、砂糖菓子を渡《わた》す相手が望むものや、その砂糖菓子が作られる目的、ともすれば、砂糖菓子を求める客の人となりまで知りつくさないと、確固たる、自分が納得する形に出来ないのだ。

一つの砂糖菓子にそれだけ心を注げれば、それは理想的だ。

しかし工房が受ける砂糖菓子の注文を、そこまでして一つ一つ作っていては、商売にならない。手を抜《ぬ》くわけではないが、注文主の意向に添《そ》った、美しい砂糖菓子であればいいのだ。

――アンは、工房向きの職人じゃない。ヒングリーさんと、根っこが同じタイプだ。

銀砂糖師のキャットこと、アルフ・ヒングリーは、人間関係も下手《へた》だし、はなから工房のやり方にそっぽを向いている職人だ。

だが、アンは違う。職人たちとも上手《うま》くやれるだろうし、工房で仕事をしようという熱意もある。だが、職人たちと関係を良好に保てて、仕事に対するやる気があっても、工房に向かない職人はいる。

——僕は、アンに言うべきなのか？

迷い、キースは拳《こぶし》を軽く握《にぎ》る。

——アンとの絆《きずな》が、切れるのを承知で？　君は工房に向かない。ここで仕事するよりも、もっといい仕事のやり方があるって？

「おい！　キース！」

突然《とつぜん》、作業場へ続く扉が開き、ミスリルが飛びこんできた。彼は三度ほど大きく跳躍《ちょうやく》し、床を蹴《け》り、キースの肩に乗ると叫《さけ》んだ。

「銀砂糖が盗《ぬす》まれた！」

「どういうこと？」

思わず立ちあがったキースにつられるように、アンも腰《こし》を上げた。

「ないんだ、銀砂糖の樽《たる》が一つ！」

「そんなはずはないよ。今朝は、ちゃんとあった」

キースもアンも、急いで作業場に向かった。

砂糖菓子を客に届けるために、三人の妖精《ようせい》たちは外出中だったが、残りの二人の銀砂糖妖精見習いが、難しい顔をして、銀砂糖の樽を見おろしていた。

「どうしたんだい？　銀砂糖が盗まれたって」

妖精たちは申し訳なさそうに首をすくめ、項垂《うなだ》れる。

「すみません。今朝はちゃんとあったはずなんです、ここに。銀砂糖の小樽《こだる》が」

「小樽は、俺様が作った色の銀砂糖の一つが入ってたんだ！　それが盗まれたんだ！」

ミスリルは憤慨《ふんがい》し、拳を振《ふ》りあげる。

今年、色の銀砂糖を作るのに成功したミスリルは、キースにも、色の銀砂糖を小樽で三つ分けてくれた。赤、青、黄の三樽だ。発色が格段に美しいそれは、特別な時に使うつもりで、工房の隅《すみ》に保管してあった。その赤色の銀砂糖の樽がなくなっているのだ。

「わたし……ずっと作業場にいた……。ミスリルも一緒《いっしょ》にいたし。けれど、怪《あや》しい人間なんて、誰《だれ》も入ってこなかった」

アンが、ぽつりと口にした。作業をしている最中のアンは砂糖菓子に集中していて、周囲がなにをやっていても、気がつかないことが多い。けれどさすがに、見慣れない人間が入ってくれば、気がつくはず。

突然、キースの肩に乗っていたミスリルが、あっと大声を出した。

「あのチビだ！」

と、この場で誰よりもチビが言う。

「あいつだ、アン、キース！　アン・ハルフォードって言い張ってる、チビだ。今日、やたらと作業場にちょろちょろ出入りしてたんだ。荷物をもって入ったり、出たり。その時にあいつ、小樽を盗んだんだ、多分。あの大きさなら、チビでも持って行ける！」

確かに小樽は、子供でも両腕《りょううで》で抱《かか》えられる程度の大きさしかない。

「まさか」

作業場に出入り出来る者は限られている。

見習いの妖精たちはここに勤めて一年になるが、今までこんな事件は起こらなかった。ここに出入り出来る新参者は、アンとミスリル、そしてアン・ハルフォードと名乗る女の子。

かといって安易に、小さな子供を疑いたくない。

「誰か、アンを……小さい方のアンを、ここに呼んできてくれる？」

「それが。さっき俺たちも、あの子がなにか知ってるかもと思って探したんですが。工房の中にいません。どこにも」

「いない？」

「くそ！　逃《に》げたんだ！」

キースの肩《かた》の上でじだんだ踏《ふ》むミスリルの、悔《くや》しそうな声が耳に突《つ》き刺《さ》さる。

――泥棒《どろぼう》？

同情し、信頼《しんらい》し、雇《やと》った。その小さな子供に裏切られたことが、強く胸を殴《なぐ》られたような衝《しよう》撃《げき》だった。利発な、よい子だと思っていた。優《やさ》しい子だと思っていた。それだからこそ、一層悔しさがこみあげた。

「どうします、パウエルさん」

問われると、キースは奥歯をかみしめた。ぐっと顎《あご》に力をこめ、顔をあげる。

「盗《と》られたものは、取り戻《もど》すよ。僕の責任で」

決然と言った。工房の経営者として、自分が信頼して雇った者の不始末は、自分の不始末だ。自分が人を見る目がなかったからだ。失敗は、自分で取り返す必要がある。

「あの子の住所は、確か最初に……あれも、嘘《うそ》かも知れないけれど」

キースはつかつかと店へ向かうと、カウンターの引き出しに入れてあった、小さなアンが持って来た、母親の手紙を取り出した。そこには住所と、母親の名前。さらに『娘《むすめ》に仕事をください』と、細い文字で書かれている。

その細い文字で書かれた懇願《こんがん》も、窃盗《せっとう》の片棒を担《かつ》ぐ誰かの文字だと思うと苛立《いらだ》つ。

「どうするんだ？　キース」

キースの肩の上で、ミスリルが鋭《するど》く問う。

「ここに書いてある、あの子の住所に行ってみるよ」

手紙を握りしめ、作業場の方へふり返った。

「出てくるから、みんな。後をよろしく」

銀砂糖妖精見習いたちに声をかけると、アンが駆《か》け寄ってきた。

「一緒に行く、キース。作業場にいて、なにも気がつかなかったわたしにも責任があるもの!」


キースは、アンとミスリルと共に、手紙に書かれた住所に向かった。

そこは、城壁《じょうへき》近くにある盛り場の一角だった。石敷《じ》きの通りに面した酒場の脇《わき》には、昼間だというのに酔《よ》いつぶれた男が、丸まって寝《ね》ていたりする。一歩路地を入れば、怪しげな酒を出す酒場や、賭《と》場《ば》がある。ルイストンの中でも治安が悪く、夜間は、表通りでさえ女の子一人では歩けない。

こんな場所にアンを連れて行くのは躊躇《ためら》われたが、アンは、自分の責任もあるし、昼間だから平気だと言ってついてきた。確かに昼間ということもあり、キースも同行しているので、それほど危険はない。

そしてようやく、住所とおぼしき場所を見つけたが、その有様に愕然《がくぜん》とした。

煉瓦《れんが》造りの建物と建物の隙間《すきま》にねじ込まれるようにして、板壁《いたかべ》の、倉庫らしき小屋があるだけなのだ。間口が極端《きょくたん》に狭《せま》く、扉《とびら》一枚で、ほぼ間口いっぱいという有様。扉で塞《ふさ》がれた、路地の入り口にすら見える。

「やっぱり、嘘の住所か」

おそらく、酒屋かなにかの倉庫として使われているのだろう。人が住める場所ではないと、キースには思えた。

落胆《らくたん》するキースの肩の上から、ミスリルはぴょんと、アンの肩に飛び移る。

「どうする？　アン。どうやってあのチビを探す？」

「そうね……。少し考えないと、わたしには……」

言いかけたとき、ふとアンは何かに気がついたように顔をあげた。そして慌《あわ》てた様子で、扉を睨《にら》みつけるキースの隣《となり》に来ると、扉に手を当てる。

「どうしたの？　アン」

「ねぇ、キース。甘い香《かお》りがしない？」

「え？」

言われて鼻をひくつかせ、目を閉じてみた。

──……香りがする！

驚《おどろ》いて、キースは目を開き、アンと顔を見合わせた。

「ね、するよね？　銀砂糖の香りじゃない？」

「じゃこの中に⁉」

慌てて、キースは扉を拳で叩《たた》く。

「こんにちは、こんにちは！　中に誰かいますか？　開けてください！　開けてください！」

何度も扉を叩き、大声で呼び掛けていると、隣の酒場らしき出入り口から、腫《は》れぼったい目をした太った女が顔を出した。

「うるさいね。そこになんの用だ」

女の荒《すさ》んだ雰囲気《ふんいき》に、アンが怯《おび》えたように身を縮めた。キースはアンを庇《かば》うように前に出る。

「ここに住んでいる人はいますか？」

「住んでる奴《やつ》？　いたよ、昨日まで」

「いた？　逃げたんですか？」

「違《ちが》うよ。昨夜、……死んだんだよ」

深いため息をつき、女がやるせなさそうな目をした。死んだと聞いて、ぎくりとなる。背後のアンが、たまりかねたように問う。

「死んだって、誰がですか!?　ここには、小さな女の子が住んでるはずじゃ」

「女の子の母親さ。娘の方は、あたしに、母さんが死んだって言いに来て、それっきり姿を見ないよ。いないからさ、困ったんだ。母親をそのままにしとけないから、あたしが、地区の世話役に知らせたらさ。娘がいないのに、さっさと母親は共同墓地に運ばれちまった」

それを聞いた瞬間《しゅんかん》、アンが顔色をなくす。衝撃を受けて次の言葉が出ないようだ。

「それで、女の子は帰って来たんですか？」

アンのかわりに急《せ》き込んでキースが問うが、女は首を振る。

「姿が見えないよ。変な連中に、とっ捕《つか》まっていなければいいけどね。あんたらあの子の知り合いなら、あの子を見つけたら、あたしの所につれて来ておくれよ。面倒《めんどう》は見られないけれど、先行きをどうするか地区の世話役と相談するからさ」

「ええ……、はい」

かろうじて返事すると、女は「頼《たの》んだよ」と念を押して、中へ引っ込んだ。

──住所は、嘘じゃなかったのか。

確かにここには、貧しい母子が住んでいた。病気の母親も。母親も病気だった。そして昨夜に、亡《な》くなったのだ。キースは上着のポケットに入れてあった手紙を取り出し、細く頼《たよ》りない文字を見おろした。

今朝、小さなアンは、いつもと違って愛想《あいそ》のない様子で、視線すら合わさなかった。あの時既《すで》に、彼女は母親を失っていた。

「じゃあ、あの子はどこに？　どうしてこんな時に、銀砂糖を泥棒なんか」

「この中よ。絶対、この中」

突然《とつぜん》アンが正気づいたように、扉の方へ向き直った。そしてドアの取っ手を、ガチャガチャ言わせて強く引っ張った。

「開けて。ねぇ、開けて！」

「アン、なんでこの中にあの子がいるんだい」

「だって銀砂糖の香りがする。それにママが死んだあの子に、行く場所なんかないもの。ママが死んだすぐ後なんて、行く場所なんて思いつかなかったもの、わたしも」

はっとした。どうしてアンがこんなに必死で、しかも確信を持って、この中に小さなアンがいるというのか理解した。アンも母親を失っている。その気持ちを知っている。

「駄目《だめ》だ、開かない。中から鍵《かぎ》がかかってる」

アンは哀《かな》しげに、扉に両手を添《そ》える。

――もし、あの子がこの中に一人でいたら。

それを思うと、可哀相《かわいそう》だとか哀《あわ》れだと思うよりもまず先に、ぞっとした。

彼女がなぜ銀砂糖を盗《ぬす》んだのか、理由など分からない。けれど薄暗《うすぐら》くて狭い、母親の死を看《み》取《と》ったばかりの場所に、小さな女の子が一人でいる様を想像すると、足先から体が冷えるほどの、あってはならない残酷《ざんこく》な光景のような気がした。

「ミスリル・リッド・ポッド！　君、君なら、そこの隙間から中に潜《もぐ》りこめないかい!?」

腐食《ふしょく》した扉の下を指さすと、ミスリルは、ちょっと迷う素振《そぶ》りで、アンとキースに目をやった。

「でも、俺様」

「お願いだよ、ミスリル・リッド・ポッド」

「お願い！」

キースとアンに懇願され、ミスリルは渋々《しぶしぶ》アンの肩《かた》から飛び下りると、もぞもぞと扉の下から、中に潜りこんだ。潜りこんだ後、すぐに中から、鍵が開く小さな音がした。

その音を聞くやいなや、キースは扉を開けた。

「ミスリル・リッド・ポッド！　あの子は⁉」

暗い小屋の中に、扉から光が入り込んだ。扉の内側の取っ手にぶら下がっていたミスリルは、日の光に眩《まぶ》しそうに目を細めた。

「わかるかよ。俺様が中に入ったら、真っ暗で……」

言いながら、ミスリルは小屋の奥へと目を走らせる。

キースもアンも、扉から身を乗り出して、小屋の奥の様子を見つめていた。

射《さ》しこんだ光が、扉の形に四角く床板《ゆかいた》に落ちていた。その光が届かない場所、最奥《さいおう》の壁《かべ》に一台のベッドが置かれている。そのベッドの脇に、うずくまる小さな影《かげ》がある。銀砂糖の甘い香りが、室内には充満《じゅうまん》していた。

薄暗いその場所にうずくまっているのは、黒髪《くろかみ》の小さな女の子だ。その姿を見て、キースは安堵《あんど》した。

しかし女の子は、うずくまって怯えているようだった。膝《ひざ》を抱《かか》えた腕《うで》の隙間から、警戒心《けいかいしん》剝き出しの目でこちらを見ている。

「アン・ハルフォード？」

優《やさ》しく声をかけると、それだけで女の子はびくっとした。

キースとアンは顔を見合わせ、頷《うなず》きあった。呼吸を合わせ、女の子を脅かさないようにゆっくりと中に進むと、二人で女の子と少し離《はな》れた場所にしゃがみ込む。

女の子は、じりじりと尻《しり》で後ずさるが、ベッドの縁《ふち》に背中が当たり、それ以上動けなくなる。

彼女の傍《かたわ》らに、小さな樽《たる》が置いてあった。樽の横腹に傷があるのは、工房《こうぼう》から持ち出した樽を、ここまで転がして来たからだろう。石敷《じ》きの歩道で傷がついたのだ。

樽の蓋《ふた》は開いていて、その脇《わき》には、水を入れた器《うつわ》がある。そして樽の周囲にも、水を入れた器の周囲にも、光を含《ふく》んだようにきらきらと美しい、赤い銀砂糖が散らばっている。水分を含んだ固まりもあり、べっとりと床板に貼《は》りついていた。

「銀砂糖、工房から持ち出したんだね？」

静かにキースが問うと、掠《かす》れた小さな声で女の子は訊《き》く。

「わたしを、ぶつ？　牢屋《ろうや》に入れる？」

「しないよ、そんなこと。ただ、どうして銀砂糖なんか盗んだの？　理由を教えて欲しいんだ」

女の子は抱えていた膝小僧《ひざこぞう》に顔を伏《ふ》せた。膝小僧に、何度も何度も、額をすりつける。

「ごめんなさい……ごめんなさい。ごめんなさい」

微《かす》かな声で謝罪を続ける。混乱しているのだろうと、キースは優しく言葉を続ける。

「怒《おこ》っていないよ。ただ理由を教えて欲しいって、思ってるだけなんだ」

膝に額を擦《こす》りつけながら、消える寸前のようなか細い声で、女の子が言う。

「お母さんが、死んだの。だから砂糖菓子《がし》がいるの。けど、お金ないし」

「砂糖菓子が欲しかったら、僕に頼めばよかったじゃないか。砂糖菓子を作って欲しいって」

「アン・ハルフォードだから……」

キースはこの小さな女の子のちぐはぐな賢《かしこ》さに、胸の痛みを感じる。

子供らしい無邪気《むじゃき》さがあれば、素直《すなお》に砂糖菓子を作って欲しいと頼めたかも知れない。けれど彼女は、仕事を得るために、自分の身分を詐称《さしょう》した。それが悪いことだと分かっているから、ばれてはならないと嘘《うそ》をつき続けた。そして砂糖菓子が必要になったとき、自分がアン・ハルフォードと名乗り続けてしまっていたから、素直に頼めなかったのだ。

本物のアンならば、砂糖菓子は自分で作れるはずだからだ。

だから自分で作るしかないと、工房の銀砂糖を盗み出したのだ。

「どうして、砂糖菓子が必要なの？」

アンが、あやすように問う。

「お母さんが死んだから、生き返るようにお祈《いの》りするの。砂糖菓子は、幸運を招く不思議な力があるって言うから。だから、お祈りして、お母さんを返してもらう」

女の子は、膝に額を擦りつけるのを止めない。擦れる彼女の額の痛みを、キースは感じる。まるで自分の心が、容赦《ようしゃ》なく、強く残酷に擦《や》られている気がして、見ていられなくなった。

「やめよう」

思わず、キースは女の子を抱《だ》きしめた。女の子は驚《おどろ》いたらしく、暴れようとしたが、強く抱きしめた。女の子の動きが止まった。キースは、女の子の頭に手を置いた。

「いい子だね、やめたね。君のやったことを怒っていないし、ぶったりもしないし、牢屋にも入れたりしない。でも……ごめんね。砂糖菓子《がし》はね、君が思うほどの力はないんだ」

びっくりしたように、女の子は顔をあげた。額が真っ赤になっていた。

「砂糖菓子には、君のお母さんを返してくれるような力はない。どんな綺麗《きれい》な砂糖菓子にだって、ないんだ」

「嘘」

「本当だよ。砂糖菓子職人は、魔法使《まほうつか》いでもなんでもない。砂糖菓子だって、魔法のお菓子じゃない」

「でも銀砂糖師なら、すごい幸運を招く砂糖菓子を作るって聞いたもの！」

「銀砂糖師も魔法使いじゃないの」

アンが、申し訳なさそうに告げた。

「嘘だ」

「嘘じゃないの。だってわたし、銀砂糖師だもの。わたし、魔法使いに見える？　わたしが工房で、魔法のお菓子を作っていたように見えた？」

女の子の目が、これ以上ないほど大きく見開かれた。

「嘘。お姉さんは銀砂糖師じゃない。女の子の銀砂糖師は、アン・ハルフォードなんだもん」

「ごめんね。わたし、アン・ハルフォードなの。黙《だま》っていて、ごめんね」

アンが告白した途端《とたん》、女の子の体から、くにゃりと力が抜《ぬ》けた。疲《つか》れたように俯《うつむ》く。

「わたしも、ずっと前にママが死んだの」

俯いた女の子のつむじに向かって、アンが囁《ささや》くように言う。

「でもママは、わたしに、たくさんの言葉や、思い出を残してくれた。ママがいなくなってからは、ずっと哀しくて辛《つら》かった。でもしばらく経《た》つと、ママがわたしに残してくれたものがあるってわかった。そのおかげで、いなくなった瞬間《しゅんかん》に、ずっと遠くに行ってしまったママが、ちょっとずつ、また、わたしの近くに戻《もど》って来た気がする」

それは親子の絆《きずな》なのだろう。キースは、自分が握《にぎ》りしめたままで、くしゃくしゃになった手紙を思い出す。そこには細く力ない文字で『娘《むすめ》に仕事をください』と書かれていた。

その文字が書かれたときの思いが、消えるとは思えなかった。

アンが言うように、一瞬《いっしゅん》、遠く離れてしまったように思えても、きっと、この思いは時間と共に徐々《じょじょ》に、残された者の心に寄り添うはずだ。

結ばれて、そして消えない絆がある。

それはどんなに遠く離れても、死に分かたれようとも、消えない。

「ここは暗いし、寒いよ。立てるかい？　とりあえず、工房に帰ろう」

銀砂糖の樽を取り戻したからといって、この子を放《ほう》り出して帰ることは出来そうもなかった。どうするべきか分からなかったが、とりあえず工房に帰ろうと思った。

抱きしめていた体を放し、力のない手を引いて立たせようとしたが、握った手には力が入っていない。歩くのは無理そうだ。キースは手にしていた手紙をもう一度上着のポケットに突《つ》っこんでから、両腕《りょううで》で女の子を抱え上げた。

女の子は、軽かった。小柄《こがら》な上に、同じ年頃《としごろ》の子供に比べて痩《や》せているからだ。

女の子を抱えて歩き出したキースに、アンは銀砂糖の小樽《こだる》を両手で持って、ついてきた。ミスリルも、樽の上にちょこんと座る。

盛り場を抜け凱旋《がいせん》通りに出る。表通りは活気があり、明るい。

女の子はキースの首にかじりつくようにして、肩《かた》に顔を伏せている。肩がちょっと熱くて湿《しめ》っぽいのは、彼女が泣いているからだろう。

「おいおい、どうする気だ？　キース。このチビ」

ミスリルが揺《ゆ》れる樽の上から、心配そうに見あげてくる。

「そうだね。なにも考えてないけど……。とりあえずは工房に連れて帰って、落ち着かせるよ。このまま、この子を放り出すこともできないし。優しい里親を見つけるしかないかもね。それまで、工房に置くことになるのかな？　どちらにしろ、地区の世話役って人と、話をしないと」

言いながら、かさりと上着のポケットの中で手紙が擦れる音がした。

『娘に仕事をください』

細く書かれた文字に込められた思いは、なんだったのだろうか。絆というものが、その細い文字に透《す》けて見える。

『娘を助けてください』でもなく、『娘をよろしくお願いします』でもない。

母親は、娘が見つけたキースというきっかけに、最低限の助けを求めたのだ。『仕事をください』と。

哀《あわ》れみを施《ほどこ》すのではなく、人として生きられるように、仕事を与《あた》えてください、と。

──死に分かたれようとも、残るものがある。

娘に仕事をさせたいと願った母親の思いが、消え果てるとは思えない。母親の思いはきっと小さな女の子の中に残って、時が経てば、女の子の中で母親との絆は壊《こわ》れることのない宝石のように、ずっと残る。

この数日、アンのことで様々に思い悩《なや》んでいた自分が、ふと馬鹿馬鹿《ばかばか》しくなる。

自分は何をそんなに、怯《おび》えていたのだろうか。

自分が抱《かか》えている小さな女の子は、ずっと母親との離別《りべつ》を予感し、怯えていたはずだ。そしてその時が来てしまった。運命なのだからどうしようもないことかも知れないが、彼女は今から、それを乗り越《こ》えていくのだ。

数年前のアンだって、母親との離別を乗り越えている。

自分だって、父親と死に別れた。

たとえ相手が天に召《め》されても、絆が消えたわけではない。アンの言うように、離別の時はどうしようもなく哀《かな》しくて苦しいが、その離別の衝撃《しょうげき》がやわらぐと、時と共に、消えた相手の心は近くに戻ってくるような気がする。

こんなに苦しい離別ですら、消えない絆がある。

なのにアンが、自分と同じ場所で、同じように仕事をしなくなるだけで、アンとの絆が消えるわけはない。まして、アン自身が消えるわけでもない。

怖《こわ》がることはない。

そんなことを怖がって、アンを不向きな場所に縛《しば》ることとの方が、アンとの絆を損《そこ》なうかもしれない。

「ねぇ、アン」

隣《となり》を歩くアンに、キースは微笑《ほほえ》みかけた。

「君が工房《こうぼう》の仕事に加わってくれてから、ずっと言おうと思っていたことがあるんだ」

「なに？」

「僕は、君は工房向きの職人じゃないと思うんだ。君はきっと、砂糖菓子を求める、一人一人と向き合って、その人が本当に必要とする形を知ってからでないと、砂糖菓子を作れない職人なんだ。大きな工房向きじゃないよ、そんな職人は。だから君は自分でお客を選んで、やってくほうがいいよ」

言うと、アンはすこし残念そうな顔をした。

「そうか……。そうね。実は薄々《うすうす》、感じてた。わたし、工房には向かないのかなって。特に、去年の秋。キャットに言われたの。わたしの指は、恋《こい》をする指だって。わたし、作りたい形に恋をして、その形が見えてからじゃないと、きっと自分が納得《なっとく》するものを作れない」

「パウエル・ハルフォード工房は、気にしなくていいよ。僕がやっていく。まあ、ときどきはアルバイトに来てもいいよ？　なにしろ、君のやり方じゃ、ヒングリーさんみたいな赤貧になるのは間違《まちが》いないだろうからね」

「キャットと同類……。シャルやヒューに、ことあるごとにからかわれそう。じゃあ、工房の名前はどうするの？」

「そうだね……」

その時、キースの肩に顔を伏《ふ》せていた女の子が、むくりと顔をあげた。潤《うる》んだ青い瞳《ひとみ》と、真っ赤な頬《ほお》で、どうしようもなくみっともない顔だった。けれど彼女は、気丈《きじょう》にも告げた。

「歩く。キース。歩く」

「うん。いいよ」

子供の矜持《きょうじ》らしい。母親でもないお兄さんに抱っこされているのが、幼心にみっともないと思ったのだろう。石敷《じ》きの街路に下ろしてやったが、手は繋《つな》いだ。それはいやがらず、女の子は俯いたまま歩き出す。

「無理しなくていいんだよ。えっと……、名前」

「ミリアム」

俯いたまま、怒《おこ》っているように彼女は答えた。

「ミリアム。歩ける？」

問うと、こくりと頷《うなず》く。

「ミリアムは素敵《すてき》な名前ね。わたしの名前より、ずっと可愛《かわい》い。ねぇ、苗字《みょうじ》はなんていうの？」

気を紛《まぎ》らわせるのにアンが話しかけると、ミリアムは首を横に振《ふ》った。

「ない」

「ない？」

キースは、アンと顔を見合わせた。

「お母さんから聞いたことないかい？」

「捨ててきたって言ってた」

訳ありだったのだろうなと、キースはぼんやりと思う。

恵《めぐ》まれた生活をしてきたキースには、想像もつかないような生き方をする人々がたくさんいる。しかしだからといって、そんな人々に同情するのは失礼だ。高みの見物をして、可哀相《かわいそう》がっているだけのような気がして、好きではない。同情するならば、いっそその人たちの人生を丸まる抱え込むほどの覚悟《かくご》がないといけない気がする。

ふと、自分が手を握《にぎ》っている女の子を見おろす。

――けれど僕は、この子に同情してしまったんだ。

今更《いまさら》ながら、そのことが鮮明《せんめい》に意識出来た。

――ならばこの子を、ずっと面倒《めんどう》みる覚悟じゃないと、この子に失礼かもしれない。

暫《しば》くすると、パウエル・ハルフォード工房の店舗《てんぽ》出入り口が、街路の向こう側に見えてきた。銀砂糖妖精《ようせい》見習いたちが三人、建物の出入り口に梯子《はしご》を持ち出し、なにやらしている。

アンが急に、思いついたように明るい声を出した。

「そうだ、ねぇ！　ミリアム。苗字を捨ててきたなら、わたしの苗字を使う？　ハルフォード。どう？」

ミリアムは、びっくりした顔をしてアンを見あげた。

「いやかな？　いやなら……」

提案したアンの方が、すぐに及《およ》び腰《ごし》になったが、ミリアムはぷるぷると首を振った。

「いやじゃない」

「良かった！　じゃあ、使ってくれるのね」

キースは、目をくりくりさせている小さな女の子を見おろした。

「ミリアム・ハルフォードね。いい名前だよ」

手を握った小さな女の子の輪郭《りんかく》が、急にはっきりしたような気がする。

前方に視線を移すと、店舗の出入り口が目の前に迫《せま》っていた。

妖精たちが何をしているのかと思えば、彼らは、店の出入り口に、手製の看板を掛《か》けようとしているところだった。すっかり忘れていたが、看板を作ってくれると言って、彼らはこつこつと作業を進めていたのだ。

店の出入り口の上には、可愛らしく意匠《いしょう》を凝《こ》らした文字で『パウエル・ハルフォード工房』と彫《ほ》られた看板が、掲《かか》げられていた。妖精たちはそれを、右に曲がっているだの、左に曲がっているだの言って、位置を直している。

――そうだ。

せっかく妖精たちが作ってくれた店の看板を見て、キースはあることを思いついた。

「ねぇ、アン。店の名前は、パウエル・ハルフォード工房のままにするよ」

「え？」

小首を傾《かし》げるアンに、キースは柔《やわ》らかく微笑んだ。

「ミリアムは、工房で仕事を続けてもらうよ。もしこの子が、砂糖菓子《がし》を作ってみたいと言ってくれて、それで砂糖菓子職人になったら、工房を継《つ》いでもらえばいい。そしたら、パウエル・ハルフォード工房でも、問題ない」

「でも、このチビが砂糖菓子職人にならないって言ったら、どうする気だ？」

もっともな突《つ》っ込みをするミスリルに、キースは肩《かた》をすくめた。

「そしたら、その時は看板を掛け替《か》えるよ」

キースたちの姿に気がついた妖精たちが、こちらにふり返った。

「あ、お帰りなさい！」

「お帰り！」

「銀砂糖はどうでしたか？　やっぱり、ちっこい方のアンが」

口々に声をかけてくる。

「銀砂糖はあったよ。この子については、ゆっくり説明するよ。とりあえず、この子の名前はアン・ハルフォードじゃない。ミリアム・ハルフォードだよ」

言うと、妖精たちはきょとんとした。

ミリアム・ハルフォードは、緊張《きんちょう》した表情で妖精たちを見あげている。

「まずは、中に入って。みんなでお茶を飲んで落ち着こう」

促《うなが》すと、妖精たちは首を傾げながらも中に入っていった。続いてアンとミスリルも中に入り、最後にキースが、ミリアムとともに中に入ろうとした。

するとミリアムの足が止まった。

「どうしたの？　ミリアム」

「入って、いい？」

不安げに問うので、キースは笑った。

「いいよ、もちろん。それに、そうだ。明日、お母さんのお墓を探しに行こう。すぐに見つかるはずだよ。そして僕が綺麗《きれい》な砂糖菓子を作って、お母さんにあげる」

「でも、お母さんは返らない」

涙声《なみだごえ》でミリアムは言うと、じわりと瞳に涙が盛りあがる。

「うん。……そうだね。つらいけど……」

キースはしゃがみ込み、ミリアムの顔を正面から覗《のぞ》きこんだ。そしてポケットの中にある手紙を、ミリアムに差し出す。

「けれどね、ほら。見てごらん。これは君のお母さんが、君のために書いたんだ。『娘《むすめ》に仕事をください』って。ほらね。お母さんの気持ちは、ちゃんとここに残ってる。ミリアム、だから。君は一人じゃないから」

ミリアムは手紙を両手で受け取ると、大事そうに胸に押し当てた。

促すと、ミリアムが顔をあげてキースを見あげた。その頭に、キースはぽんと手を乗せた。

「入ろう、ミリアム。それにね、今日からはここに入る時、ただいまって言って入ればいい」

明るい日射《ひざ》しが、キースとミリアムの背中を押していた。

「さあ、入ろう」

二人は一緒《いっしょ》に、扉《とびら》を潜《くぐ》った。

子爵に捧げる青い薔薇

キャットこと、銀砂糖師のアルフ・ヒングリーは、暮れゆく港町の街路に呆然《ぼうぜん》と佇《たたず》んでいた。

ハイランド王国最南端《さいなんたん》の港町、サウスセント。温暖な気候で知られるこの町も、さすがに冬間近のこの時季、夕暮れ時ともなれば、家路につく人々が毛織りの上着の前をかき合わせ、早足になる程度には冷え込んでいる。

しかしキャットは上着も羽織らず、突っ立っていた。

斜陽《しゃよう》が灰色の髪《かみ》を照らし、綺麗な銀色に光っていた。貴族的な品の良い顔立ちなので、澄《す》まして立っていればそれなりに絵になるのだろう。だが彼は今、ぽかんと口を開け、ただ惚《ほう》けている。

傍《かたわ》らには一頭立ての荷馬車があり、その荷台には銀砂糖の樽《たる》や、砂糖菓子作りの道具を入れた木箱。さらには銀砂糖を練るための石板など、乱雑に詰《つ》め込まれている。

一見して、夜逃《よに》げの荷造りだ。

夜逃げの荷造りをして、ぽかんと街路に立ち尽《つ》くしている青年を、人々は、胡散臭《うさんくさ》そうに避《よ》けて行く。

「ねぇ～、キャット。キャット。そろそろ、立ち直ったらぁ？」

キャットの頭の上に、腹ばいになってべったりとくっついているのは、緑の髪をした小さな妖精《ようせい》、ベンジャミンだ。彼は手を伸《の》ばし、惚けているキャットの前髪《まえがみ》をツンツン引っ張った。

それでようやく、キャットは正気に戻《もど》ったらしい。はっと口を閉じるが、そのまま、がっくり項垂《うなだ》れた。

「……どうしてだ？　そもそも、どこがまずかった？　なにを間違《まちが》えた？」

「う〜ん。そうだねぇ。どこもかしこも、まずくって。なにもかも、間違ってたかもぉ」

ほわほわと、しかし辛辣《しんらつ》にベンジャミンは答えるが、半分もキャットの耳に入っていなかった。

昨年秋、王命を受けた銀砂糖子爵ヒュー・マーキュリーの指示で、ハイランド王国全土に散らばる砂糖菓子《がし》職人のほとんどが、王都での砂糖菓子製作に参加した。

キャットは王命が出る以前から、銀砂糖子爵に呼ばれ、あれこれと面倒《めんどう》ごとに関《かか》わっていたので、当然ながら主力の職人として砂糖菓子製作に加わった。

それが終わったあと数ヶ月は、目が回るほど忙《いそが》しかった。

銀砂糖妖精になるべく、ホリーリーフ城に集められている妖精たちを、希望のあった各工房《こうぼう》へ、見習いとして送り出す仕事があったからだ。

さらに、新たに銀砂糖妖精を育てるため、妖精市場から、妖精たちが引き続き集められ続けていた。彼らに基本的な砂糖菓子の扱《あつか》いを教える仕事も、また同時にこなさなくてはならない。

こちらは、キース・パウエルも手伝ってくれていた。

そうして翌年の春、妖精たちを工房へ振《ふ》り分ける仕事が終わり、一段落ついた。

「そうだ、あの時。春に一度、自分の店に帰ってりゃ」

呻《うめ》くキャットの頭の上で、ベンジャミンがははっと笑う。

「だよねぇ～。僕も春に一度、帰ったら？　って言ったのにねぇ」

「でも、帰れるか!?　あんな様子のチンチクリンを置いて」

顔をあげ、頭の上のベンジャミンにきっと視線を向ける。

恋人《こいびと》の生存を信じ、一人待ち続けるアンが心配で、キャットはルイストンの近くから離《はな》れられなかった。その結果、ホリーリーフ城の妖精の指導をずるずると続けてしまった。

しかしやっと、シャルが帰ってきた。

心から、安堵《あんど》した。

もののはずみで一度アンに、自分の仕事を手伝わせてしまった。そのために、彼女が自分の弟子《でし》みたいな気がする感覚が未《いま》だに抜《ぬ》けない。その感覚が抜けない悪影響《あくえいきょう》で、実は、シャルが帰ってこなければ、アンをどうするべきか考えあぐねていたのだ。

お人好《ひとよ》しで頼《たよ》りないアンは、シャルが帰ってこなければ、食事もしなくなり、ある日ぽっくりいってしまいそうだった。

アンがやつれ果て、砂糖林檎《りんご》の林の中でバッタリ倒《たお》れているという悪夢を、何度も見た。そんなときはいつも「あの時、むりやりパンを口に突《つ》っこんでいれば！」と、夢の中で激しく後《こう》悔《かい》し、きりきりと胃が痛み、痛みのために目が覚めた。

しかしシャルの帰還《きかん》と共に、胃の痛みからも解放された。

キャットはようやく、ほぼ一年間放置している、サウスセントの自分の店のことを思い出した。様子を見に帰ろうと、ホリーリーフ城の世話役を他《ほか》の者に任せ、久しぶりに自分の城とも言える店に帰り着いた。

が、その場所は、帽子《ぼうし》屋になっていた。

呆気《あっけ》にとられた後、どういうことだと大家に怒鳴《どな》り込んだ。

すると逆に怒鳴り散らされた。

借りた店を一年も放置して、しかも月々の家賃も滞納《たいのう》。あまりにもいい加減な賃借人に不審《ふしん》を感じた大家は、アルフ・ヒングリーの身元を確認《かくにん》するために、銀砂糖子爵にまで手紙を送ったらしい。すると銀砂糖子爵から「身元は確かだが、いい加減な振る舞《ま》いは、許されない。よって、大家の好きにして良い」と、返事が来たらしい。

大家はその助言に従い、キャットの店を、新しい賃借人に貸した。そしてキャットの家財道具一式は、壊《こわ》れかけの納屋《なや》に放《ほう》りこんだ。大家は納屋に放りこんだキャットの家財道具を、滞納していた家賃と引き替《か》えに、返してくれた。

そしてその結果が、これだ。

「宿無しで……文無しだ……」

一年分の滞納家賃をぶんどられたので、キャットの手元には、小銭《こぜに》が数枚しか残らなかった。

「そもそも、俺はこの一年商売してねぇ。パウエルの奴《やつ》も、もしかして俺と同じ目にあってるのか？」

掌《てのひら》に残った銅貨を見おろして呟《つぶや》く。

この一年、ともにホリーリーフ城で妖精たちの指導に加わったキースも、もしや今頃《いまごろ》、キャットと同じ体《てい》たらくになっているのではないかと心配になる。しかし、

「それなら心配ないよ～。キースは、ホリーリーフ城の仕事をしながら、ちゃんとパウエル・ハルフォード工房を本格的に立ちあげてたから。今や、人気店だよぉ」

ベンジャミンが、嬉《うれ》しそうに報告した。

「なんだって⁉ そんなこと、ちゃっかり、やってやがったのか⁉」

「自分の生活とか将来設計とかに、まったく気が回らなかったのは、キャットだけだよぉ」

仰《おつしや》るとおり、だ。ぐうの音も出ない。

「そ、それは……。いや……。そうだ。根本的に、俺がホリーリーフ城で妖精たちの指導をするはめになったのが、元凶《げんきよう》じゃねぇか。あのボケなす野郎《やろう》が、放逐《ほうちく》証明だなんだと、脅《おど》しやがるから。それから、ずるずると」

思い出すと、腹が立って仕方がない。

銀砂糖子爵のヒュー・マーキュリーは、銀砂糖子爵が発行する、砂糖菓子職人への放逐証明

を盾《たて》にして、むりやりキャットを引っ張り込んだのだ。

ついついその仕事にのめり込んでしまって、自分の店の家賃すら払《はら》い忘れたのは、自分が悪い。だがそもそも、ヒューがキャットを巻きこまなければ、こんなことにはなっていなかったはず。

「よくよく考えたら、一番の原因はあのボケなす野郎じゃねぇか！」

握《にぎ》った拳《こぶし》を震《ふる》わせて結論づけると、背中の方から、大げさに嘆《なげ》くような調子の声がした。

「それはひどい責任転嫁《てんか》だな。哀《かな》しいぜ、キャット」

文字通りキャットは飛び上がり、ふり返り、その勢いで荷馬車の荷台に、背中をどかっとぶつけた。ついでに、頭の上のベンジャミンがずり落ちて耳に引っかかった。

「てめぇ、なんでこんなところにいる⁉」

石敷《じ》きの街路は、初冬の夕焼けに赤く染まっていた。その街路に長い影《かげ》を落とし、笑いを嚙《か》み殺して立っているのは、銀砂糖子爵《ししやく》ヒュー・マーキュリーだ。背後に護衛の青年サリムを連れてはいるが、自分は、目立たない茶の上着を身につけている。お忍《しの》びだろう。

「おまえがサウスセントに帰ったって、ホリーリーフ城から連絡《れんらく》が来たからな。楽しいことになるだろうと思って、見物に来た」

「何が楽しいだ⁉　そもそも、てめぇが俺を仕事に引っ張り込んで……！　いや、思い出した！　大家が言ってたぞ、畜生《ちくしよう》！　大家の好きにしろと、大家に手紙を書きやがったな！」

ヒューの上着の襟《えり》を引っ摑《つか》むと、鼻に嚙みつく勢いで喚《わめ》く。背後でサリムが眉《まゆ》をひそめ、腰《こし》の剣《けん》の柄《つか》に手をかけた。だがあまりに腹が立っていたので、「好きにしやがれ」という心境で、護衛の無言の脅しを無視し、襟を摑んだ手にさらに力をこめる。

「当然だろう？　借りた店に一年も帰らず、連絡もよこさず、家賃も滞納している。いい大人のすることか？　おまえのそのずぼらさ加減で、人様に迷惑《めいわく》をかけたんだ。当然の判断だ。それが悪いのか？」

しらっとした目で言われると、言葉に詰《つ》まる。

「それは……」

「能力的にやれないことなら、俺もそれほど厳しくは言わん。ただおまえは、気がつきさえすれば、できる。もっと自分に気を遣《つか》って、最低限、大人としてやるべきことだけはやれ」

「けっ！　てめぇは、俺の親爺《おやじ》か⁉」

もっともな叱責《しっせき》は、さすがのキャットも耳が痛い。しかし強がって、押し放すようにしてヒューの襟を放すと、背中を向けた。そして荷馬車の御者台《ぎょしゃだい》へと向かう。

「どうする気だ？　キャット。宿無しの文無しだろう？　今夜の飯も、宿も」

襟を直しながらヒューはキャットの背中に訊《き》く。ヒューの方を見ないようにしながら、キャットは御者台に上ると、頭の上のベンジャミンを膝《ひざ》に下ろす。

「なんとかする」

と答え、唇《くちびる》を噛む。

「大人らしく、なんとかするさ。今夜はとりあえず、郊外《こうがい》で野宿でもする。人様に迷惑かけねぇようにな。確かに、人様に迷惑かけるのは、よくねぇ。それは認める」

ヒューの言い方や、仕事に巻きこんだ彼の強引《ごういん》さには腹が立つ。だが確かに、ヒューが言ったことは正論だ。人に迷惑をかけるのは、最低だ。自分が悪い。

御者台に近寄ってきたヒューは、にやりと笑ってキャットを見あげた。

「文無しの宿無しが、ふらふらとサウスセントの郊外なんかで野宿したら、夜盗《やとう》に襲《おそ》われるぞ。散らかった死体を片付けさせられる州兵は、ひどい迷惑だな」

「てめぇは、俺に大人らしくしろと言っときながら、その妙《みょう》な嫌《いや》がらせはなんだ!?　しかもさらっと、散らかった死体とか、えげつないこと言いやがって」

「だから大人らしく振《ふ》る舞えるように、助けてやろうと思ってな」

「なんだって？」

横目で見やる。

「仕事を依頼《いらい》したい。砂糖菓子《がし》を作ってくれ。報酬《ほうしゅう》に、百クレスだ。百クレスあれば、新しい店を借りるための手付けと、当面の生活費になるだろう。とりあえずは、人様に迷惑をかけなくてすむ」

「わぁ、百クレス。いいねぇ」

ベンジャミンがうっとりと呟くが、キャットは警戒《けいかい》して身構えた。

「てめぇのために作るのか?」

「おまえは、俺のためになんか死んでも作らないだろう? 安心しろ。俺以外の奴のために、作って欲しい。本当なら俺が作りたいところだが、俺は国王陛下のため以外に、砂糖菓子は作れないからな」

話がうますぎる。

そもそも。ヒューがキャットの様子を見るためだけに、こうやってサウスセントに来たというのも、納得《なっとく》がいかない。銀砂糖子爵は、そんな子供じみた娯楽《ごらく》のためだけに遠出するほど暇《ひま》じゃない。

いつぞやもヒューは、キャットに嫌がらせのような手紙を送ってきて、それに怒《おこ》ったキャットはルイストンに駆《か》けつけた。しかしその嫌がらせも、結局はキャットを仕事に引き込むための手段で、理由があったのだ。今回は、なんの裏があってヒューがここまでやって来たのか。

「なにか、企《たくら》んでやがるのかよ」

「まさか。純粋《じゅんすい》な、親切心だぜ」

肩《かた》をすくめるその様子が、胡散臭《うさんくさ》い。

「でも今の俺には、工房《こうぼう》がねぇ。作る場所がねぇ」

「作業場は、用意してやる」

百クレスは、喉《のど》から手が出るほど欲しい。ベンジャミンも、珍《めずら》しく期待顔でキャットの方をちらりと見る。キャットはいいにしても、ベンジャミンを飢《う》えさせるのは、酷《こく》な気がした。なにしろベンジャミンは、料理と食うこと以外に、興味がない。それを取りあげてしまったら、寝《ね》てばかりいるだけの、ただのマスコットだ。

「わかった」

キャットは、渋々《しぶしぶ》頷《うなず》いた。

「作る」

その日の夜は、ヒューと共にサウスセントの宿に泊《と》まった。支払《しはら》いはヒューがしたが、この日の宿代は百クレスの報酬からきっちりさっ引くと宣言された。

ヒューは、お忍び用の地味な馬車で来ていた。翌朝、「作業場に案内するので、ついて来い」と言われ、キャットは、荷物が満載《まんさい》された荷馬車を操《あやつ》り、サリムが御者《ぎょしゃ》を務めるヒューの馬車の背後を走った。

馬車はサウスセントを出ると、進路を北にとった。一度、昼食のために停車したが、それもわずかな時間だ。どんどん北上していくので、キャットは困惑《こんわく》した。

作業場を用意してやると気軽に言われたので、てっきりサウスセント近くのどこかだと思い込んでいたが、どうやら違《ちが》うようだった。そして太陽が山の端《は》にかかるころ、ようやく先導していた馬車は歩みを緩《ゆる》め、停止した。

「ここか？」

手綱《たづな》を引き、荷馬車を止めたキャットは、不審《ふしん》さに眉をひそめながら、ぐるりと周囲を見回した。

そこは小高い丘《おか》の上に建つ、国教会の教会だった。しかし教父が常駐《じょうちゅう》している気配はなく、石造りの壁《かべ》には蔦《つた》が這《は》い、樫《かし》の扉《とびら》も閉めきられたままで、扉の足元に枯《か》れ葉が吹《ふ》き寄せられていた。教会の背後には小さな墓標が、斜陽《しゃよう》を背負って直立している。

丘全体は、まばらな雑木林に覆《おお》われていた。

教会の正面には、王都ルイストンの赤茶けた城壁《じょうへき》と王城の尖塔《せんとう》が遠く見える。右に視線をずらすと、妖精《ようせい》たちが修業《しゅぎょう》をしているホリーリーフ城も見えた。

そして王都とホリーリーフ城の中間辺りには、南北へと続く街道《かいどう》がある。その近辺には森が点在していて、その森の中には、アンが建てた小さな家と砂糖林檎《りんご》の林があるはずだ。

「いい場所だねぇ」

肩の上に乗っていたベンジャミンが、ほうっとため息をつく。

「ああ、まあな」

それには違いないが、なぜ教会なのだろうか。そう思っていると、背後から呼ばれた。

「おい、キャット。ここが作業場だ、中に荷物を入れろ」

ふり返ると、ヒューが手にした鍵《かぎ》で教会の扉を開いたところだった。

「なんでてめぇが、教会の鍵なんか持ってやがる。教父でもねぇくせに」

御者台から下りて玄関《げんかん》に行くと、ヒューは嬉《うれ》しそうな顔をしながら、扉を全開にし、中に踏《ふ》みこむ。

「俺の教会だからな」

「はぁ？　てめぇのもの？」

白い布をかけられた礼拝用の椅子《いす》や祭壇《さいだん》に視線を向けながら、ヒューは奥へ向けて歩き出す。

出入り口の扉の脇《わき》と、左右の壁にある窓には色ガラスが嵌《は》めこまれ、埃《ほこり》っぽい内部に、様々な光の色を落としている。凝《こ》った造りの教会ではなかったが、長い間放置された場所特有の、沈殿《ちんでん》したような静けさが、荘厳《そうごん》さにも思える。

「去年の銀砂糖消滅《しょうめつ》の危機を救った褒美《ほうび》に、なんなりとくれると国王陛下が言ったのさ。特に欲しいものはないと言うと、永久に銀砂糖子爵《ししゃく》の称号《しょうごう》を俺のものにしよう、とかなんとか、妙なことを言い出すからな。これはちょっと不味《まず》い傾向《けいこう》だと思って。考えた末に、無人になっているこの教会を見つけて、ここが欲しいと申し上げたら、一発で認めてくれた」

「教会を個人の所有物に出来るのかよ。教会は国教会のもんだろうが」

「知らないか？　国教会に多額の寄付をしたりすると、教会を個人の所有物として、永久に認めるという仕組みがある。といっても、教会に個人の名前がつくわけでもない。教父が必要なら、教父は国教会から派遣《はけん》されてくる。ただその所定の教会の運営が、個人の自由に出来るってことさ。この権利は相続も可能だ」

「んなもの、相続したがる奴《やつ》はいねぇだろ。聞いてりゃ、その権利とやらは、国教会の教会管理名簿《めいぼ》の中に、所定の教会の管理者として名前が載《の》るってだけじゃねぇか」

「そのとおりだ」

「馬鹿《ばか》じゃねぇのか、そんな権利もらってどうする」

「自分の墓は、自分の管理下に置きたいだろう？　俺はこの教会の墓に入るつもりだ」

「安心しな。てめぇは、殺しても死なねぇ。そんな心配は、百年先にしやがれ」

「そうもいかなくてな」

背中を向けたまま、さらりと言うと、ヒューは自嘲《じちょう》するように笑った。

キャットは眉根《まゆね》を寄せた。

──「そうもいかなくて」って、なんだ？

ヒューは祭壇に軽く手を添《そ》えて暫《しばら》く黙《だま》っていたが、気分を変えるようにくるりと振り向く。

「まあ、とりあえずここは俺の教会で運営は自由だ。当面、教父派遣の依頼をするつもりもないし、一般《いっぱん》の礼拝は受け付けない。ということで、ここを作業場として自由に使え」

「肝心《かんじん》なことを聞いてねぇ。俺は、誰《だれ》のための何の砂糖菓子《がし》を作る?」

「ああ、言ってなかったな。こんなものが、送られてきたんだ。見ろ」

上着の内ポケットから、ヒューは一通の手紙を取り出した。それを突《つ》き出すので、手にとって中身を読んだ。ベンジャミンも興味津々《きょうみしんしん》で覗《のぞ》きこむ。

そしてざっと一読した後、キャットは呆《あき》れ顔でヒューを見やる。

「なんだ、こりゃ?」

「書いてあるとおりだ。そのために砂糖菓子がいる」

「どいつもこいつも、浮《う》かれやがって。畜生《ちくしょう》。悲惨《ひさん》なのは俺だけか」

呻《うめ》きながら手紙を握《にぎ》りつぶすと、ヒューが肩をすくめる。

「悲惨じゃないだろう? おまえは、いつものことだ。これが悲惨なら、おまえの職人人生は徹頭徹尾《てっとうてつび》、悲惨だぜ」

「うるせぇ!」

「百クレスの仕事だ。やってもらうぞ」

「言われなくとも、やる。まあ……」

握りつぶした手紙を見おろし、ぽつりと言う。

「作ってやるのも、悪くねぇ」

確かに、悪くない仕事だ。手の中にある手紙を見つめているだけで、どんな砂糖菓子にするべきなのか、自然と脳裏《のうり》に浮かんでくる。

――繊細《せんさい》な作りがいい。色は、柔《やわ》らかく、明るい色だ。

造形がありありと自分の中に浮かぶのは、キャット自身が、その仕事に意欲《いよく》がある証拠《しょうこ》だ。

おそらく自分は、作りたい、とすら思っている。

「どんな造形にするかは、おまえに任せる」

ヒューは言うと、ぽんとキャットの腕《うで》を叩《たた》く。

「道具を中へ運べ。手伝ってやる、銀砂糖子爵が直々にな」

「偉《えら》そうに」

呻きながらも、キャットは歩き出したヒューの後を追い、外へ出る。

道具は、礼拝堂の裏にある教父のための生活スペースに運びこまれた。暖炉《だんろ》があるその部屋は、家具は一切《いっさい》なかったが、その方が都合が良かった。砂糖菓子作りの道具を、適切に配置出来る。

ヒューは恩着せがましく、道具の搬入《はんにゅう》を手伝ってくれた。

道具を運んだくらいで、大きい顔をされてはたまらなかった。むっつりしながら道具を運びこんでいると、ふと、あることに気がついて不思議に思った。

「おい、ベンジャミン。サリムの野郎《やろう》、姿が見えねぇぞ」

荷台の中に残っている荷物はないか確認《かくにん》を終えると、キャットは教会の周囲に目を向けた。

日暮れ時、雑木林の木々は黒い影《かげ》になり始め、葉擦《はず》れの音が妙《みょう》に耳につく。

ヒューは今、最後の荷物を教会の中へ運びこんでいる。

こんなひと気のない教会に、銀砂糖子爵一人置き去りにするとは、あの護衛の青年らしからぬ行動に思えた。

「サリムならねぇ～。ここに到着《とうちゃく》してすぐに、裏手の墓地に行ったけどぉ」

ぼんやりしているように見えて、意外と色々なことを知っている妖精は、当然のように答えた。

「墓地だ？　墓地に何の用事がある？」

先刻、墓に入るのなんだのと言ったヒューが、妙に神妙《しんみょう》だったのを思い出す。

それとあわせたように、サリムが妙な動きをするのが気になった。

――まさか、あのボケなす野郎、また妙なことになってるのか？

先の銀砂糖子爵後見人、ダウニング伯爵《はくしゃく》に逆らったときも、ヒューは死罪覚悟《かくご》のようだった。

そんな覚悟を強《し》いられる案件が、また彼に持ち上がっているのか。

あるいは、もっと昔になるが、彼が工房《こうぼう》の長《おさ》を引き継《つ》いだときのようなトラブルか。

ヒューがマーキュリー工房派の長を継いだ時、派閥《はばつ》の乗っ取りだと言われた。一部の連中がヒューの命を狙《ねら》っているという噂《うわさ》もあった。それでもヒューはいつもと変わらず、飄々《ひょうひょう》とすごしていた。既《すで》に工房を離《はな》れていたキャットだったが、ヒューの無頓着《むとんちゃく》さに腹が立ったものだ。

「まさか、そんなことはねぇとは思うが……」

ヒューの身に厄介《やっかい》ごとが降りかかっており、そしてその関係で、サリムが何者かに買収されてヒューの護衛をわざと放棄《ほうき》するようなことは、ありえるだろうか。あの護衛の青年に限ってそれはないと思うが、気になった。

キャットは教会の建物を回りこんで、背後に広がる墓地へ向かった。

墓標が、黒い影になって立ち並ぶ墓地は、さして広くなかった。墓標の数も、せいぜい三十程度。整然と並んではいるが、田舎《いなか》町の教会の方がはるかに賑《にぎ》やかに思えるほど、こぢんまりしている。

墓地に踏《ふ》みこむと、すぐに、墓地の端《はし》っこに跪《ひざまず》くサリムの背中が見えた。

彼は三つ並んだ墓石の前に膝《ひざ》をつき、墓石に語りかけるように俯《うつむ》いている。祈《いの》っているのだろうか。

サリムが跪く三つの墓の前には、枯《か》れた蔓《つる》を編んだ輪飾《わかざ》りが置かれていた。秋深い今の時季、雑木林の中にある蔦《つた》には、真っ赤な実だけが蔦に残るのだ。その蔦で作られた輪飾りは赤い実で縁取《ふちど》られていて、もの寂《さび》しいよりも、優《やさ》しく穏《おだ》やかに見える。

——墓に？

サリムは大陸の出身なのだと、その肌《はだ》の色を見れば分かる。

大陸には大陸の宗教があるので、ハイランドの国教会の墓に、異教徒の青年が膝をつく理由が分からなかった。確固たる宗教を持っている者は、容易に、異教のものに膝を折らないのが常。それがあえて膝を折るのを、奇異《きい》に感じた。知人の墓なのだろうか。それにしても、膝を折ることまではしないはず。

近寄ってみようかと一歩踏み出しかけた時、背後から肩《かた》を掴《つか》まれた。ふり返ると、ヒューが唇《くちびる》に人差し指を当て、黙れという仕草をして立っていた。

「来い。邪魔《じゃま》をするな」

細い声で耳元に囁《ささや》くと、ヒューはきびすを返して教会の正面へ歩き出す。キャットはどうしようかと迷ったが、ちらりともう一度サリムの背中を見る。その背中は、動かない。

とりあえずヒューを追って、教会の正面に向かった。

「すっかり日が暮れたな。ベンジャミン、台所で夕食の準備をしてくれ。今夜は俺もサリムも、ここに泊《と》まる。台所に、薪《まき》と食材が適当に置いてある」

やっとヒューに追いつくと、ヒューはいきなりベンジャミンに命令した。ベンジャミンは、

「わぁ、料理ぃ。うん。やるよぉ～」

と、気のいい返事をして、主人でもない男の命令で、嬉《うれ》しげにキャットの肩を飛び下り、教会の中へ入っていった。

それを見送ると、ヒューはキャットに視線を戻《もど》す。

「サリムのことは、放《ほう》っておいてやれ。気が済めば、中に入ってくる」

「知り合いの墓か？」

「家族だ」

「家族？　あいつの家族っつったら、国教会の信者じゃねぇだろうが」

「ああ、だから今まで墓を作ってやれなかった。どこの教会でも、信者でない者の墓を作ることは、許可されなかった。だがこの教会は、俺の運営になったからな。ここだけは、誰の墓でも、どんな宗教を信じていた者の墓でも、作るってことにした」

「よく国教会がそんなことを許したな」

キャットの驚《おどろ》きの表情に、ヒューは声をあげて笑った。

「教父たちも文句は言えないさ。国教会の教義には、墓についての詳細《しょうさい》な記述がない。ざっくり『善男善女《ぜんなんぜんにょ》を受け入れよ』と書いてあるだけだからな。教会の運営者がいいと言えば、国教会は止《や》めろという権利はない。それでも国教会本部から厳しい目を向けられるだろうから、国教会に所属する教父が管轄《かんかつ》している教会は無理だが。俺は教父じゃない」

「まさか、てめぇ。このために国王陛下に教会をもらったのか？」

「それだけじゃないがな。まあ、理由の一つだ」

「そこまで気にかけてるのか。そもそも、あのサリムって奴《やつ》、いきなりてめぇの護衛になったよな？　どこで知り合ったんだ」

ヒューが、護衛としてあの青年と共に行動するようになったのは、ヒューが派閥の長になった頃《ころ》だ。突然《とつぜん》見知らぬ異国の青年を連れて歩き出したヒューに、当初、周囲は戸惑《とまど》っていた。キャットですら、突然現れた護衛の青年を、不審《ふしん》に思ったものだ。

「どこって言われても。強いて言えば、俺のベッドの上だな」

「ベッド!?」

ざわっと、背筋に悪寒《おかん》が走った。三歩ほど、キャットはヒューから飛び退《の》いた。

「そういうことか!?　いや、いや。そういう性癖《せいへき》の奴を悪いとはいわねぇし、差別する気はねぇが。てめぇだと話は別だ!」

「妙な勘違《かんちが》いしてるみたいだが、サリムが俺を殺すために、寝《ね》ている俺に襲《おそ》いかかったのが、最初だ。あの頃、派閥を放逐《ほうちく》された前派閥の長の息子《むすこ》が、やたらと俺を殺したがっててな。サリムは、雇《やと》われたらしい」

「殺し?」

鳥肌《とりはだ》が、消えた。さっきとは別の驚きが来た。

「それは……殺し屋だったってことか?」

「平たく言えばな」

教会の扉《とびら》の枠《わく》にもたれかかり、ヒューは腕組《うでぐ》みして、うっすらと暗くなりだした空に目を移す。小さな星の瞬《またた》きが、一つだけ光っている。

「家族ぐるみで密航して、ハイランドに来たらしいが。無理な旅を続けたと言っていたから、それがたたって、ハイランドに到着するのと同時に、弟と母親は亡《な》くなった。父親も身動きとれないほどに弱っていて、結局サリムが、自分の腕一つで出来る、割のいい仕事を見つけた。それが殺し屋だったようだが」

「よく、助かったな。あいつに狙われて」

頻繁《ひんぱん》に目にしたことはないが、サリムが抜《ぬ》く剣《けん》の鋭《するど》さは、目を見張るものがある。その技《わざ》の冴《さ》えはシャルと同等ではないかと、キャットは思う。そしてあの油断のない身ごなしと、気配。殺し屋となれば一流だったろう。

「なぜ殺すと訊《き》いたら、恨《うら》みはないが、これが仕事だと言ったからな。ならば俺が、もっといい仕事をやれると約束した。それで間一髪《かんいっぱつ》、思いとどまってくれたが。結局、親爺《おやじ》さんはすぐに亡くなった。両親と弟の墓を作ってやろうとしたが、国教会に拒否《きょひ》された。どこぞの荒野《こうや》に、棒きれでも立ててろと言われてな」

その時のことを思い出したのか、ヒューの目が鋭くなる。

「異教徒や孤児《こじ》には、墓もろくにない。そんなのは、おかしいだろう」

孤児。その言葉に、胸をつかれる。

確かヒューは、孤児だったはずだ。そしてその妹は過酷《かこく》な路上生活の中で、亡くなったと聞く。きっと彼の妹の墓は、作られなかったのだ。

——だからか。

ヒューが教会にこだわった理由が、分かる気がした。

きっとヒューは、国教会の教会でなくとも、きちんとした墓がつくれるのならば、どこでも良かったはず。だがこの国で、半永久的に守られる墓を作ろうと思えば、それは国教会が支配する教会の墓地に葬《ほうむ》られるしかない。

なぜサリムが、あれほど忠実にヒューを守ろうとするのか不思議だった。けれどサリムにとってヒューは、とても良い主人なのだろう。

サリムの家族を弔《とむら》うために、ヒューは力をつくしたはずだ。そういう男だ。その当時は結局力が及《およ》ばず、ヒューは悔《くや》しかったのだろうが、彼のその思いを、サリムはきっちりと受け取ったのだ。

——いけ好かねぇが……。そうなんだろうな。

教会の背後に目をやり、キャットは頷《うなず》いた。

「いい墓じゃねぇか。まあ、国王陛下からもらうにしても、悪くねぇ、もらいものだ」

「そうだな。ここはいい場所だ。サリムにとってだけではなく、俺のためにもな」

墓の方へ目線を向け、急にぽつりとヒューが呟《つぶや》く。

「十年後。その日のために」

「なにがだ？」

問うと、ヒューは微笑《ほほえ》み、軽く手をあげた。

「なんでもない。道具は運びこんだ。さっさと作れよ、キャット」


室内に蠟燭《ろうそく》を灯《とも》し、その明かりを頼《たよ》りに、キャットは銀砂糖を練っていた。

室内には、作業前に室内に撒《ま》いた、聖エリスの粉の香《かお》りが漂《ただよ》う。爽《さわ》やかな香りだ。

作るべき砂糖菓子《がし》の形は、既《すで》に頭の中にあった。何のために使われる砂糖菓子なのかを知らされた時に、真っ先に思いついた造形だ。

既に真夜中だ。早々に夕食を終えると、ヒューは別室に引っ込んだ。そこには簡単なベッドが置かれていて、必要ならば仮眠《かみん》しろと言われたが、キャットはそのまま作業に入った。

サリムは結局、夕食にも姿を現さなかった。よほど家族への思い入れが強いのだろう。

作品を形にしながら、跪《ひざまず》くサリムの背中を思い出す。

「子爵《ししやく》って、いい人だよね～」

満腹のお腹《なか》をさすりながら、キャットの肩《かた》の上のベンジャミンが、ほわほわと言う。

「てめぇは、単純だな。飯をくれるからか?」

「それ一番大事だよねぇ～。けどねぇ、誰《だれ》のお墓でも作ってくれるって、言ったじゃない?」

「それがどうした」

「僕たち妖精《ようせい》のお墓だって、きっと頼《たの》めば作ってくれるんじゃないかと思ってぇ」

「そりゃ、作るだろうぜ。あの野郎《やろう》は……」

ふと、手が止まる。

どうもヒューの様子が妙《みよう》だと思う。夕闇《ゆうやみ》が迫《せま》る教会の前で、「十年後」と口にしたその言葉も気にかかる。どことなく、不吉《ふきつ》な言葉ばかりだ。

なんだろうかと考えると、苛立《いらだ》たしくなる。直接本人に確かめようかと思ったが、はぐらかす素振《そぶ》りだったそれらの言葉について、真相を喋《しゃべ》るとは思えない。

「なんなんだ、あの野郎」

呻《うめ》くと、ベンジャミンが小首を傾《かし》げる。

「誰がぁ？」

「ヒューの野郎だ。態度が妙だとおもわねぇか？　墓に入るだの、十年後だの……」

「うう〜ん。それ、僕も気になったんだよねぇ。まるで死期を悟《さと》った人みたい」

その言葉に、ぎくりとする。

「馬鹿《ばか》いうんじゃねぇよ」

その時、作業場の扉が開いた。顔を覗《のぞ》かせたのはサリムで、キャットがそこにいるのを見ると、いつもの無表情で言った。

「おまえか。仕事中だな、邪魔《じゃま》した」

扉を閉めようとするサリムを、

「ああ～とぉ、ちょっと待ってぇ～」

のんびりとベンジャミンが引き留めた。サリムは閉めかけた扉を、また開く。

「なんだ？」

「あのねぇ、台所にサリムさんの分のお食事があるから、食べてね。あとぉ、銀砂糖子爵のことなんだけどぉ。死ぬ予定でもあるのぉ？」

「おい!?」

あまりにも単刀直入な質問に、キャットの方が慌《あわ》てる。サリムが怒《おこ》り出したら、どうするつもりかと思った。だが、サリムは怒らなかった。それどころか彼には珍《めずら》しく、少し驚《おどろ》いたような表情になる。

「……子爵から、聞いたのか？」

「それとなくね～。十年後とか」

と、ベンジャミンが言うと、サリムは軽くため息をつく。憂鬱《ゆううつ》げな表情だ。

「そこまで言ったのか、子爵は。十年後と」

「おい！　なんなんだ、それ」

鋭く問うと、サリムは首を振《ふ》る。

「おそらく十年後。そこまで聞いたなら、充分《じゅうぶん》だろう。それなら俺から言うことは、なにもない。夕食を食べる」

扉《とびら》を閉め、台所へ入るサリムの足音が、耳を塞《ふさ》ぎながら聞く足音のように、妙にくぐもって遠く感じた。体の芯《しん》が、冷たくなっていた。

――十年後。ヒューの野郎が、死ぬのか？

ベンジャミンが、ぼそりと言う。

「十年後ってことは、病気なのかなぁ」

「そんな馬鹿なことあるか！」

かっとした。どうしてこれほど腹が立つのか分からないが、どうしようもなく、何かに対して腹が立つ。

「こうなったら、直接確かめる！」

ベンジャミンを肩に乗せたまま、キャットは勢いよく作業場の扉を出ると、ヒューが休んでいるはずの部屋を目指して、ずんずん暗い廊下《ろうか》を早足で歩いた。

廊下は狭《せま》い。その狭い廊下には、木箱や祭司の道具などが乱雑に置かれ、狭い廊下をさらに狭くしている。

窓を通して落ちる四角い月の光が、等間隔《とうかんかく》に並んでいる。ごちゃごちゃと置かれた荷物をすり抜《ぬ》けるようにして早足で進んでいると、いきなり、がつんとつんのめった。慌てていたので、廊下の端《はし》に置かれたそれに気がつかずに、つまずいてしまったのだ。

「畜生《ちくしょう》、なんだ。こんなところに」

涙目《なみだめ》で自分が蹴躓《けつまず》いたものをふり返ると、真新しい墓石だった。月光に照らされたその表面に刻まれた文字を目にして、息が止まる思いがした。

『銀砂糖子爵ヒュー・マーキュリー　ここに眠《ねむ》る』

と、刻んである。

啞然《あぜん》とした。ゆっくりと近づくと、墓石の前にしゃがみ込み、もう一度文字を読んだ。彫《ほ》られた文字に指をあてると、自分の指は震《ふる》えていた。

「準備が、してあるねぇ」

肩の上で、ベンジャミンが呟く。

「そんなはずねぇ。あのボケなす野郎が、そんなはずは、ねぇ。あいつは俺なんかより、きっとしぶとく生きるはずなんだ」

言葉にした瞬間《しゅんかん》、頭の方から血の気が引く。きっとこいつは、絶対にしぶとく自分の周囲にいるだろうと思った人に限って、その相手はキャットの周囲からいなくなる。

いつも、そうだ。

「いや、違《ちが》う。そんなはずねぇ」

強く、首を振る。

「あの野郎は銀砂糖子爵だ。空前の砂糖菓子作りを指揮した、銀砂糖子爵様だ。あの砂糖菓子を作った野郎に、そんなひどい未来があるはずねぇだろう。絶対に、そんなはず……」

額を押さえると、ベンジャミンの手がそっと伸《の》びて、キャットの頰《ほお》を拭《ぬぐ》った。

「泣かないで。キャットぉ」

言われて、気がついた。涙が流れていた。前髪《まえがみ》を強く握《にぎ》って、歯を食いしばって、俯《うつむ》く。足元に、ぽつりぽつりと滴《しずく》が落ちた。

「そんなはずねぇ」

ベンジャミンが、子供をあやすようによしよしと首筋を撫《な》でる。

「キャットは、大好きなんだねぇ、子爵のことが」

「好きじゃねぇ」

「そっかぁ。でも、いなくなると寂《さび》しい人なんだね」

「寂しく、ねぇ」

寂しくなんかないと、繰《く》り返し心の中で言う。寂しくない。

けれどなぜ、砂糖菓子の未来を守った者に、こんな冷たい未来しか用意されていないのか。それが理不尽《りふじん》だ。あれほどのことを成し遂《と》げたのに、神も、砂糖菓子の守護聖人・聖エリスも、誰もヒューを褒《ほ》めてやれないのだろうか。

それが悔《くや》しい。

その時、ヒューが休んでいる部屋の扉のノブが、内側から回る音がした。

はっとして立ちあがり、作業場まで駆《か》け戻《もど》った。扉を閉めると、扉を塞ぐように背をつけて、乱れる息を殺しながら、頬に流れた涙を服の袖《そで》で乱暴に拭った。

聖エリスの粉の香《かお》りを嗅《か》ぐだけで、胸を引っ掻《か》かれるような気がした。

——誰《だれ》も、褒めてやれねぇのかよ。畜生。

聖エリスも、ヒューの労に報《むく》いようとしない。

自分だって、いつもならばヒューを褒めてやる気など、さらさらない。

けれど考えてみればヒューは、全力で砂糖菓子を守ったのだ。きっとあんな重大事に見舞《みま》われる銀砂糖子爵《ししやく》は、後にも先にもいないだろう。ならば、そのことに対してだけでも、ヒューを褒めてやるのも悪くない。神も守護聖人も、ヒューに「よくやった」と言ってやらないならば、キャットが一生に一度だけ、褒めてやってもいい。

たった一度だけでも、褒めてやれる。

ぐっと顎《あご》を引き、キャットは作業台へ向かった。

冷水に指を浸《ひた》し、指が冷えると、先刻練っていた銀砂糖の塊《かたまり》を手にした。そこに青い色粉を混ぜる。ベンジャミンが、小首を傾げる。

「青い色、使うのぉ？」

「いや。頼《たの》まれた作品を作る前に、別のものを一つ、作る」

光の粒《つぶ》を溶《と》かし込んだような、艶《つや》のある青色を練りあげる。

薄《うす》く、透《す》けるほどにのばした青色の銀砂糖を、切り出しナイフで素早《すばや》く切り出す。いくつも同じ形を切り出して、並べていく。

次は、艶のある緑と黄緑を混ぜる。こちらも薄くのばし、切り出す。

よどみなく動くキャットの指を、ベンジャミンはうっとり見つめていた。

そのうち、ベンジャミンは作業台の端《はし》っこに丸まって、眠った。


形ができあがったのは、空が白みはじめた頃《ころ》だった。蠟燭《ろうそく》は燭台《しょくだい》の上にへばりつくほどに溶けて小さくなり、ジッと小さな音を立てて消えた。ベンジャミンは、まだ眠っていた。

——できた。

砂糖菓子《がし》を見おろして、キャットは、ため息をつく。

——こんなもの作ったからって、なんになる。

そう思った。けれど役に立たなくとも、価値がないとは限らない。

砂糖菓子を手にすると、作業場を出た。

うっすらと明るい廊下を進む。窓の外へ目を向けると、教会の庭を歩くサリムの姿があった。

きっとまた墓参へ向かうのだろう。

さらに廊下を進むと、昨夜目にした墓標は、壁《かべ》に立てかけられて朝日に照らされていた。その墓標の文字を目で確認《かくにん》した。それがここにあると知っているはずなのに、息が苦しくなる。

ヒューが休んでいる部屋の前に来ると、深呼吸して、ノックした。

ベッドが軋《きし》む音がして、すぐにヒューが顔を出した。よく眠っていたのか、シャツ一枚のだらしない格好で、しかもはだけている。目が半分も開いていない。

「なんだ、キャット。こんな朝っぱらから。もうできあがったのか？」

「頼まれたものは、これから作る。その前に、作らなきゃならねぇものがあった……」

「なんのことだ？」

要領を得ないというように眉《まゆ》をひそめたヒューの前に、キャットは手にしていた砂糖菓子を突《つ》き出した。

「やる」

寝《ね》ぼけ眼《まなこ》だったヒューの目が、仰天《ぎょうてん》したように丸くなる。

キャットが突き出した砂糖菓子は、一本の青い薔薇《ばら》の花の砂糖菓子だ。

深緑色の細い茎《くき》が、鋭《するど》く白い棘《とげ》に取り巻かれ、そして鮮《あざ》やかな緑と黄緑を混ぜた色の葉が、何枚も茎を飾《かざ》っている。

薔薇の色は、艶やかな光を秘《ひ》めたような青だ。透けるほどに薄い花びらは、滑《なめ》らかな質感を感じさせる。重ね合わされた花びらが、華麗《かれい》だ。

青い薔薇は、自然界に存在しない。

青は高貴な色。そして薔薇は、高貴な人が紋章《もんしょう》に使う。その二つを組み合わせた青い薔薇は、古来の慣用句に使われる。

『青い薔薇を捧《ささ》げるべき人』

『青い薔薇を持つ人』

とは、ハイランド王国では、尊敬するべき人である、という意味だ。

それを捧げる意味は、ハイランドの民《たみ》なら誰《だれ》だってわかるだろう。それは、「あなたを尊敬してやまない」と、告げることだと。

驚《おどろ》いた表情で薔薇の砂糖菓子を受け取ったヒューは、まじまじと眺《なが》め、素直《すなお》に笑った。

「いいできだ」

満足したのだと、その表情で分かった。砂糖菓子が、彼の気に入るできでよかったと、心から思えた。

「いいできだ。感謝するよ、キャット」

砂糖菓子に込められた思いを、間違《まちが》いなくヒューが受け取った。

キャットは俯く。唇《くちびる》を噛《か》んで、押し黙《だま》る。なにをどう言えばいいのか、分からなかった。

「それにしても、なんでいきなり、俺にこんなものをくれる気になったんだ？」

しらばっくれるヒューを、キャットは上目遣《うわめづか》いに睨《にら》む。

「隠《かく》すんじゃねぇ。てめぇが隠してることなんか、お見通しなんだ」

するとヒューは、肩《かた》をすくめた。

「もうばれたか？　早かったな。もうすこし準備が整ってから、おまえには言おうと思って、ここに連れてきたんだが。なにしろ、共犯者は必要だからな」

ヒューの言葉の半分も、キャットの耳には入っていなかった。それよりも落ち着き払《はら》った彼の口調に、猛烈《もうれつ》に腹が立つ。

「何の病気なんだ、てめぇ！」

かっとして、食ってかかった。

「落ち着いてやがるんじゃねぇよ、このボケなす野郎《やろう》！　病気なら、国王陛下に土下座でもして、国一番の医者か薬を用意してもらえ！　教会なんぞ、もらってる場合なのかよ！　この馬《ば》鹿《か》野郎が!!　十年後だ？　十年もあるなら、墓石を準備する前に薬を準備しやがれ!!」

「は？」

「てめぇは病気で、それが進行すりゃ十年後に死ぬんだろうが!!　だからてめぇの入る墓のために教会を準備して、墓石まで準備しているんだろうが！　もう、隠すんじゃねぇ！」

「……………なんだって？」

何度か目を瞬《まばた》いた後、ヒューはあっと声をあげ、そしていきなり、吹《ふ》き出した。

「そうか！　おまえ、そうか！　それでなのか！　どうりで、こんなもの！」

ヒューは突如《とつじょ》、ゲラゲラ笑い出した。面白《おもしろ》くて仕方がないというように、ヒーヒー笑って、腹を抱《かか》え、体を折る。

「なにがおかしい！」

ヒューは一旦《いったん》顔をあげると、涙目《なみだめ》のキャットの顔を見て、その顔を見た途端《とたん》にまた笑いを爆《ばく》発《はつ》させた。これほど笑い転げるヒューを見たことはなかったが、キャットは握《にぎ》った拳《こぶし》を震《ふる》わせてヒューを睨みつけた。なんのつもりで彼がこんなに大爆笑《だいばくしょう》するのか、分からなかった。

ようやく笑いの発作《ほっさ》が治まったらしく、ぷぷぷっと笑いを殺しながら、ヒューは顔をあげた。

「なにがって、おまえ。来いよ、キャット」

くすくす笑いながらも、ヒューは部屋から出ると、廊下《ろうか》を先に立って進んだ。そして例の墓石の前に来ると、青い薔薇で墓石を指し示す。

「見ろ。俺の名前の下だ」

「下？」

見ると、そこには年号が彫《ほ》られている。おそらくヒューの没年《ぼつねん》を彫ったものなのだろう。年号と日付まで、きちんと入っている。そのことに首をひねった。

「どうして、没年まで彫られてるんだ？　てめぇ、この日に死ぬって決めてやがるのかよ」

「ああ」

当然のように、ヒューは答えた。

その答えを聞いて、さらにかっとした。

「自殺か!?　病気じゃなくて、てめぇ自殺する気か!?　しかも十年後にって、気がなげぇ自殺を考えてんじゃねぇよ！」

ヒューの胸《むな》ぐらを摑《つか》むと、ヒューはその手に手をかけて、宥《なだ》めるように静かに言った。

「まあ、落ち着けよ」

「落ち着いていられるか！」

「聞けよ、キャット。ある意味、自殺だ。だがおまえの考えているのと、ちょっと違《ちが》うぜ」

「なにが違う!?」

「十年後のこの日に、俺は病で急逝《きゅうせい》した……ってことにする。まあ、実際は死ぬつもりはないが、国王陛下や世間の連中には、そう思わせる」

「は？」

わけがわからなかった。胸ぐらを摑んでいた手が緩《ゆる》む。

「なんだ、そりゃ。なんでそんなこと」

「言っただろう？　国王陛下が、永久に銀砂糖子爵《ししゃく》の称号《しょうごう》を俺のものにしようと、妙《みょう》なことを提案したこと。それを聞いて、まずいと思った。俺は銀砂糖子爵として、やりすぎたんだ。国王陛下はきっと俺を銀砂糖子爵として、この上もなく評価して、信頼《しんらい》している。国王陛下がそうなんだから、きっと職人連中もそうだろう」

それは間違いないと、キャットも思う。銀砂糖が消えるかもしれないという職人たちの恐怖《きょうふ》を律し、そして結果的に銀砂糖をこの世に残したのは、銀砂糖子爵ヒュー・マーキュリー。その評価は絶対で、そして今までにないほど、職人たちは銀砂糖子爵に尊崇《そんすう》の念を抱《いだ》いた。

「それのなにが、まずい」

手を放すと、キャットは腕組《うでぐ》みしてヒューの墓石に尻《しり》を乗っけた。

「本当に俺が死んだ後が、まずいと感じた。必要以上に信頼された指導者や長《おさ》が亡《な》くなった後は、必ずもめるものだ。前の指導者はこんなのではなかったと、本当はたいして違わないはずなのに、人間は過去の指導者を美化して、そう思い込む。国王陛下もあれこれと苦情を言うし、おそらくもっと問題なのが派閥《はばつ》の連中だ。派閥間でもめ事を起こしたり、銀砂糖妖精《ようせい》たちの扱《あつか》いについて、あれこれと文句を言ったり。そうしたことが起きやすい。だから俺は頃合を見て銀砂糖子爵の職を辞し、次代の銀砂糖子爵に譲《ゆず》るべきだ。十年もあれば、銀砂糖妖精たちを職人として工房へ送る仕組みも、それなりに整っているはずだ。だから十年後と決めた。俺の強すぎる影《かげ》を消す」

キャットは鼻で笑った。

「馬鹿《ばか》言え。ぴんぴんしているてめぇが、銀砂糖子爵を辞《や》めると言ったって、国王陛下も派閥の連中も、許さねぇ。特に国王陛下なんざ……」

そこまで自分で言って、やっとキャットは気がついた。あんぐりと口を開けて、ヒューを見やる。

「そうだ。国王陛下は絶対に、俺の辞職を許さない。となると、死ぬのが手っ取り早い。そして死んだことにしておけば、俺は陰《かげ》で、新しく選定された銀砂糖子爵を助けてやれる。知恵《ちえ》を貸してやれる。相談に乗ってやれる。そして職人連中をうまくまとめる方法を、一緒《いっしょ》に考えられる。次代の銀砂糖子爵は、国王陛下が選定するからな、誰《だれ》になるのかはわからないが。まあ、どんなぼんくらが選ばれても、俺が助けてやる」

「……国王陛下を、ペテンにかけるのかよ」

唖然《あぜん》とした。

「大切に守り抜《ぬ》いた、砂糖菓子《がし》だ。俺の代以降が、はちゃめちゃになってもらっちゃ、困る」

ずっと先を見据《みす》えるヒューの茶の瞳《ひとみ》を、キャットはまじまじ見つめていた。

――この野郎は、馬鹿だ。

自分がいなくなった後も砂糖菓子の行く末が気になって、ヒューは墓に入るどころではないのだ。だからこんな方法を思いついたのだろう。

自分の死後までも、砂糖菓子と職人たちの未来を導くために。

しかし世間的には死ぬことになる。これが馬鹿でなくて、なんだろう。

「まあ、俺が死んだことになったあと、一代か二代の銀砂糖子爵がうまくやっていければ、俺の影も薄《うす》くなる。安定するはずだ」

「そんな計画なら、今後、結婚《けっこん》もできねぇぞ！」

「結婚は出来ないが、自分の葬式《そうしき》を見られるという、滅多《めった》にない特典はつく」

「そんな特典、嬉《うれ》しいか⁉ 馬鹿だろう⁉ てめぇ、馬鹿だな⁉」

顔中口にして喚《わめ》くキャットに、ヒューはにやりと笑ってみせて、手に持っていた青い薔薇《ばら》の砂糖菓子に軽く口づけた。

「その馬鹿に、青い薔薇を贈《おく》ったのは、誰《だれ》だったかな？」

全身が、かっと熱くなる。耳まで熱い。

「返せ‼ 返しやがれ‼」

これほどの赤っ恥《ぱじ》をかいたのは、生まれて初めてだった。

飛びかかったキャットを、ヒューは背後に飛んでひらりとかわし、キャットの手が届かないように青い薔薇を高く掲《かか》げ、朗《ほが》らかに笑った。

「十年後が楽しみだ！　俺は死んだら、自由に砂糖菓子を作るぜ！」


十年後、銀砂糖子爵は病を得て急逝する。

彼に仕えていた異国の青年は、その主《あるじ》を死して後も守ろうとするかのように、国教会に仕えた。彼が仕えた教会は、ルイストンとホリーリーフ城と、銀砂糖師の少女の家を見渡《みわた》せる、小高い丘《おか》の上にある。

その教会には教父はいないし、礼拝に訪《おとず》れる一般《いっぱん》の信者もいない。

この教会の所有権は、ヒュー・マーキュリーの遺言《ゆいごん》により、代々の銀砂糖子爵に受け継《つ》がれることになった。そのためか、新しく銀砂糖子爵となったエリオット・ペイジも、その次の銀砂糖子爵となったキース・パウエルも、頻繁《ひんぱん》にこの教会を訪れた。

女性の銀砂糖師アン・ハルフォードも、銀砂糖子爵の相談役として知られるようになった銀砂糖師アルフ・ヒングリーも、なぜかこの教会を度々《たびたび》訪れた。

この教会には、教会の管理人と自称《じしょう》する男が住んでいた。彼は時折、気が向けば、見事な砂糖菓子を作ったという。彼はもともと、名のある砂糖菓子職人だったに違いないと噂《うわさ》されたが、彼がどこの何者なのかは、誰も知らなかった。一部の、人間と妖精を除いては。

アンと最初のお客様

ある日、方々に手紙が送られてきた。

手紙を受け取ったのは、銀砂糖子爵をはじめ、ペイジ工房《こうぼう》派の長代理のエリオット・ペイジ。ペイジ工房から独立したばかりの砂糖菓子職人、オーランドと、その婚約者《こんやくしゃ》のブリジット。ペイジ工房の主だった職人連中。さらにはペイジ工房で見習いをしている、妖精のノア。前銀砂糖子爵の子息、キース・パウエル。ラドクリフ工房派の職人ジョナス・アンダーに同じく職人のステラ・ノックス。マーキュリー工房派の長代理ジョン・キレーン。

さらには銀砂糖師アルフ・ヒングリーにも送られてきたが、彼の砂糖菓子店は帽子《ぼうし》屋に変わっていたので、その手紙だけは宛先《あてさき》不明で、配達人が破棄《はき》したようだ。

とにかく、銀砂糖師アン・ハルフォードに関《かか》わりがあったほとんどの人間に、その手紙は送られてきた。あろうことか、畏《おそ》れおおくもハイランド国王エドモンド二世とその妃《きさき》のマルグリットにも送られてきたらしいが、それは侍従《じじゅう》が怪《あや》しみ、取り次がなかったという。

手紙の送り主は、不明だった。

穏《おだ》やかな日射《ひざ》しが窓からこぼれ、床板《ゆかいた》にまだらの波紋《はもん》を作っている。窓の外にある砂糖林檎《りんご》の木々の葉が揺《ゆ》れると、葉を透《す》かしてこぼれる光はきらきら乱れる。その様は、光が水面に踊《おど》るのに似ている。

銀砂糖師アン・ハルフォードは、窓も扉《とびら》も開け放った小さな家の中で、作業台に向かっていた。

ひんやりと涼《すず》しい風が吹《ふ》き抜《ぬ》け、ドレスの裾《すそ》と、後《おく》れ毛を揺らす。

秋の空気は湿気《しっけ》もなく爽《さわ》やかで、微《かす》かに甘い砂糖林檎の香《かお》りがした。

庭からは、ミスリルの鼻歌と共に、銀砂糖を粉にするための、石臼《いしうす》を碾《ひ》く音が聞こえている。

昨日、今年最後の砂糖林檎の収穫《しゅうかく》を終えた。ミスリルは手塩にかけて育てた砂糖林檎の実を、銀砂糖へと変えるために、朝日の昇《のぼ》る前から起き出して、精製作業に余念がない。

アンの目の前にある作業台に置かれているのは、赤、黄、青の、色の銀砂糖を入れた石の器《うつわ》だ。ミスリルの育てた色の銀砂糖は、質がいい。以前目にした、王家のために作られたものよりも、輝《かがや》きが強い。宝石を砕いて粉にしたような、そんな美しさだ。

しかしその銀砂糖を目の前にして、アンが手にしているのは羽ペンだ。丸椅子《いす》を引き寄せて腰《こし》を下ろし、作業台にかじりつくようにして必死に書き物をしている。

しばらくするとアンは羽ペンを置いて、椅子から立ちあがった。自分がごちゃごちゃと書きこんだ、顔の倍の大きさはありそうな紙を目の前に持ち上げると、にっこりした。

「うん。完璧《かんぺき》！」

納得《なっとく》したように大きく頷《うなず》いた時、背後から柔《やわ》らかく、強い腕《うで》に抱《だ》かれた。

「なにが完璧だ？」

驚《おどろ》いたアンは、びくっと飛び上がりかけた。しかし、

「あ、あ……。シャル。起きたの？　おはよう」

必死の努力で、胸のどきどきを抑《おさ》え、大人らしく冷静に挨拶《あいさつ》した。書き終わったばかりの紙が滲《にじ》まないように、そろりと作業台に戻《もど》す。

日の昇る前から、アンとミスリルは仕事に起き出した。ミスリルは嫌《いや》がらせのようにシャルも叩《たた》き起こそうとしたが、アンはそれを四苦八苦しながら止めて、シャルの睡眠《すいみん》を守った。

シャルが帰ってきてから、ようやく一ヶ月だ。

この一年間どこで何をしていたのか、詳細《しょうさい》に全《すべ》て聞き終わったのが、わずか数日前。

シャルは事もなげに語っていたし、彼が、砂糖林檎の林の中から出現した姿が、あまりにもすらりとしていて美しかったので、彼は魔法《まほう》か何かを使って難なく帰ってきたようにすら見えた。だが実際は、いろいろと大変だったはず。

おそらく困難を乗り越《こ》え帰ってきたシャルには、ゆっくり休んで欲しかった。

「下手《へた》な鼻歌が聞こえたからな。しかも、約束がある」

すこし眠《ねむ》そうに言いながら、シャルは背後からアンの首筋に顔を寄せ、アンの胸の辺りで交差させた腕の力を、少しだけ強くする。

それだけでアンの心臓は、胸の中で激しく暴れ出す。シャルの腕に、胸の振動《しんどう》が伝わらないかと危《あや》ぶむ。しかも首筋をくすぐる吐息《といき》の温かさで、耳が熱くなる。

「約束？　誰《だれ》とどこで？」

意外な気がして問う。考えてみればシャルは帰ってきてから一度も、この家を離《はな》れていない。

「ルイストンだ。たいした用件じゃない」

なんとなくはぐらかすように、シャルは答える。

「それって……」

さらに突《つ》っこんで訊《き》こうとしたが、思いとどまり口をつぐむ。「誰と会うの？」「なんの用事なの？」と、しつこく問い詰《つ》めるのは、余裕《よゆう》がなくて子供っぽい。

――ここは、大人らしく。大人らしく。「あら、そうなの？　いってらっしゃい」みたいな、余裕のある顔をするべきなんだ、多分。

シャルは帰ったその日から、離れていた一年間を埋《う》めようとするかのように、ことあるごとにアンに触《ふ》れる。

しかしそうされると、長かった一年間とのあまりの落差に、アンの心がついて行けずに戸惑《とまど》ってしまう。大人らしく、恋人《こいびと》らしくしようと思うのに、こうやって触れられると、自分はどう振《ふ》る舞《ま》えばいいのかわからない。

けれどシャルが、アンに遠慮《えんりょ》なく触れて口づけして、大人の女性のように扱《あつか》ってくれるのだから、それらしく対応したい。

「ところで、なにが完璧だ？　銀砂糖師。砂糖菓子《がし》ができあがっているようには見えないぞ」

言いながらも、シャルの指はアンの顎《あご》や鎖骨《さこつ》に、蝶《ちょう》のように軽く触れてくる。

「え……えっと、それは。この貼《は》り紙を書いてたから、これが完璧って意味で」

「貼り紙？」

「風見鶏亭《かざみどりてぃ》に貼ってもらおうと思うの、この貼り紙。砂糖菓子作りを請《う》け負いますって、貼り紙なの。これを見たら、砂糖菓子が欲しいお客さんが来てくれるでしょう？」

触れられる感触《かんしょく》が、くすぐったくて恥《は》ずかしい。

「なぜそんな貼り紙が必要だ？　パウエル・ハルフォード工房は人気店だ。そんなもの今更《いまさら》だろう。そういえば、ここしばらくパウエル・ハルフォード工房へ行かなくなった。どうした？　キースともめたか？」

問われてはじめて、アンは、自分が大切なことをシャルに報告していなかったことに、気がついた。

「違《ちが》うの。シャルに言い忘れてたんだけど、キースのところで仕事をしていて、気がついたの。沢山《たくさん》の職人や見習いがいる工房の仕事のやり方が、わたしには合わないかもって。そう思ってたら、キースも同じことを言ってくれたの。だからわたしは、わたしのやり方を見つけないと、駄目《だめ》なの」

それを聞くと、シャルは驚いたように腕をほどいた。そして肩《かた》に手を置くと、くるりと、アンを自分の方へ向かせた。

「パウエル・ハルフォード工房《こうぼう》を経営して、そこで仕事をすることを諦《あきら》めたのか？」

「諦めたというよりは、別の道を探すために辞《や》めたの。それでね、これ」

と、作業台に置いてあった紙を、後ろ手に取るとシャルの前に差し出した。それに目を落とすと、シャルはすこし眉根《まゆね》を寄せる。

そこには、

『砂糖菓子作りを請け負います。御用《ごよう》の方は、こちらまで！』

と、大きく見出しを書いた下に、ルイストンからこの家へと来るための、簡単な地図が描《か》いてある。

「完璧な割には、どこの誰が書いた貼り紙か、分からない」

と冷静に言われ、アンは今一度文字に目を落とし、飛びあがった。

「名前を書き忘れた！」

急いで背後の作業台にふり返り羽ペンを手に取り、『銀砂糖師アン・ハルフォード』と、最後に書き加える。

シャルは隣《となり》に立ち、アンの手元を見おろす。

「要するに、おまえは大きな工房に所属せずに、ここで、砂糖菓子を作るつもりなのか？」

「今のわたしには、それが一番合っている仕事の方法だと思う。この場所で砂糖菓子屋を開いて、お客さん一人一人に向き合って、その人に本当に必要な形を作り続けられれば、いいなって」

「それは、あの猫《ねこ》の貧乏《びんぼう》銀砂糖師と同じじゃないのか？」

なぜか、シャルは少し困ったような顔をした。そのことが不思議だった。確かに、キャットと同じと言われれば、多少生活に不安がある。

「でも、ミスリルと、シャルと、わたし。三人が毎日食べられるだけ稼《かせ》げれば、悪くないと思うの。ただまずいのは、今の状態じゃ、お客さんなんか来ないから。とりあえずは、貼り紙でもしようかと思って」

「それでいいのか？」

「なにが？」

顔をあげて、小首を傾《かし》げる。シャルが何をそれほど危ぶむのか、見当がつかない。

「ここで俺たちと一緒《いっしょ》に暮らすのは、俺もミスリルも、望んでいる。ただ俺は、おまえを守り、慈《いつく》しみ続けると誓《ちか》った」

見つめられ、臆面《おくめん》もなくさらりと言われると、ぽっと頬《ほお》が赤らむ。シャルは当然のようにそう言ってくれるが、それはアンにとっては、未《いま》だに信じられない奇跡《きせき》の言葉のようだ。

「だから、おまえを守り慈しみたい」

「今でも、その。なんていうか、今のままで充分《じゅうぶん》なんだけど……」

ぽうっとして、思わず言う。

「だがおまえは、子孫を残せない。俺といる限り」

「だから？」

「子孫を残せないなら、その代わりにせめて、おまえが生きた証《あかし》をこの世に残させてやりたい。パウエル・ハルフォード工房が大きくなり、四つ目の派閥《はばつ》にまで成長すれば、おまえの名前は残ると思っていた」

そこまで考えてくれていたのかと、アンは驚いた。確かに以前、生きた証を残せるようにしてやると言われたことを思い出す。その気持ちだけでも充分すぎるほどだったので、アン自身、そこまで考えていなかった。

「ありがとう、シャル。その、嬉《うれ》しい。とっても」

顔が赤くなっているのが、ひどくみっともないだろうと思い、もじもじと俯《うつむ》きながらアンは答えた。

ここで、「自分の生きた証なんか、どうでもいい」と、言い放つことは簡単かも知れない。けれどそう言ってしまえば、それはきっとシャルの心の負担になる。ずっと彼は、アンに生きた証を残させてやれなかったと、負い目になるはず。シャルのためにも、アンは生きた証を、どこかに残さなくてはならないのだろう。

「考える。わたしが、わたしらしい方法で、わたしの生きた証を残せるように」

素直《すなお》に告げると、ふっとシャルが笑った気配がした。彼の指が顎先に触れ、顔をあげさせられた。とんでもなく近くに、シャルの睫《まつげ》があった。

「そうだ。考えろ、アン。仕事のやり方も、おまえの生きた証も。そのためなら俺は、なんでもしてやる」

甘く囁《ささや》き、唇《くちびる》が近づく。何度も重ねた口づけだが、アンの体は未だに緊張《きんちょう》する。帰って来たシャルに自分から口づけたあの勢いと勇気はどこへ行ったのかと、自分でも怪《あや》しむ。飛び退《の》くのだけはぐっとこらえ、震《ふる》える瞼《まぶた》を閉じた。

だが、口づけはなかった。動かないシャルに不審《ふしん》を感じて目を開けると、シャルは、忌々《いまいま》しげに窓の方を睨《にら》んでいた。見ると窓枠《まどわく》の下から、湖水色の二つの瞳《ひとみ》が爛々《らんらん》と、獲物《えもの》を狙《ねら》うような輝《かがや》きで覗《のぞ》いている。

「止《や》めた」

シャルが身を起こすと、ミスリル・リッド・ポッドが勢いよく窓枠に飛びあがってきた。

「ひどい――!! なんで止めるんだ――!!」

「ひどいのはおまえだ！ のぞき魔《ま》!! そこに、おまえがいるからだ！」

魂《たましい》の叫《さけ》びを発するミスリルに向け、シャルは、手近にあった空の器《うつわ》を投げつけた。それが命中したミスリルは、うげっと呻《うめ》いて、窓の外へ転げ落ちた。

「あああ！ ミスリル・リッド・ポッド！」

アンは蒼白《そうはく》になって、表へ駆《か》け出した。

窓の外の芝生《しばふ》の上で、目を回したミスリルを両手で拾い上げていると、シャルも不機嫌《ふきげん》そうな顔で外へ出てきた。

「ルイストンへ行く。暗くなる前には帰るつもりだ」

ミスリルを抱《だ》いて立ちあがると、アンは手を振《ふ》った。

「あ、うん。そうね。言ってたもんね。いってらっしゃい」

シャルは背中を見せて歩き出した。その姿が砂糖林檎《りんご》の中を蛇行《だこう》する、細い道に入る。

どんどん遠のく背中と、綺麗《きれい》な片羽を見つめていると、ふいに息苦しくなった。

そして突然《とつぜん》だった。

――いや。

そんな気持ちが、沸《わ》きあがる。

――いや。いや。行かないで。

自分の中に沸きあがる、焦《あせ》りのような哀《かな》しみのような感情に、アン自身、ぎょっとして戸惑《とまど》った。胸が押しつぶされるようで、苦しい。

シャルはルイストンへ行くだけで、今日のうちに帰ってくると分かっている。だが、頭では分かっていても、胸の奥が突然引っかき回されるように乱れる。

——なに、これ。わたし……。どうしたの？

行かないでと、叫び出したい衝動《しょうどう》をくっと奥歯でかみしめて堪《こら》え、アンは固く瞼を閉じる。

——落ち着いて。落ち着いて。シャルは、消えるわけじゃない。帰ってくる。今日、帰ってくるんだから。

みっともなく、シャルの後を追いかけて背中にすがりつきそうだ。その衝動に耐《た》えるために、両足を踏《ふ》ん張った。

シャルの気配が、完全に砂糖林檎の林の向こうへ消えた。

それから暫《しばら》くして、ようやく、アンの中に吹《ふ》き荒《あ》れた嵐《あらし》のような衝動が治まった。そのことにほっとするのと同時に、自分が不安と哀しみの中で過ごした一年間が、思った以上に根深く、自分を痛めつけていたのだと自覚した。

——でも、大人らしくしないと。

恋人《こいびと》らしくシャルに対応するのと同じくらい、それは大事な気がした。やっと帰ってきてくれたシャルに、不安がっている姿など見せないのが、きっと立派な大人の女だ。

アンはもう十八歳だ。

ミスリルの羽に軽く触《ふ》れ、大事に抱《だ》きしめながら家の中に入った。

作業台の前に帰ると、自分の書いた貼《は》り紙をくるくると巻き取りながら、視線を天井《てんじょう》の方へ向ける。

「生きた証かぁ」

自分の生きた証など、どうやって残せばいいのだろう。

アンに出来ることは、砂糖菓子《がし》を作ることだけだ。自分が砂糖菓子を作ることが、生きた証になるだろうか。砂糖菓子は、いずれ壊《こわ》れるものだ。祝祭用の砂糖菓子は、その祝い事が終われば壊されるのが常。時折、大切に保管してくれる人もいるが、それだって永久にではない。朽《く》ちて壊れもする。

例えば工房《こうぼう》を大きくして、派閥にまで育て、派閥の名前に自分の名前が残るのも、生きた証だろう。ヒューのように大きな仕事を成し遂《と》げて、名前を残すのも生きた証だ。

けれどアンは自分が、ヒューや、歴代の派閥を立ちあげた砂糖菓子職人たちのように、特別な人間には思えない。

名前を後世に残すなんてことは、自分の身の丈《たけ》に合わない。

――でも砂糖菓子を作ること以外、わたしにはできない。しかも今、砂糖菓子の注文を、一つも受けてないし。

ミスリルが作ってくれたこんな美しい銀砂糖があるのに、今、アンには作るべき砂糖菓子がない。

これからここを砂糖菓子店にしていくのだから、客がいないのは当然だ。だが、いつも銀砂糖を触《さわ》っていたいアンにとっては、こんな状態がもどかしい。

シャルがいなかった一年は、そんなことすら感じられなかった。

自分の心を宥《なだ》めるように、闇雲《やみくも》に、誰《だれ》のためかも分からずに、銀砂糖に触れていた。なんらかの形を作っていた。しかし思い返せば、その時作った砂糖菓子は、どこか力がなくて、輪郭《りんかく》がぼやけていて魅力《みりょく》がない。

きっとアンは、誰かのために、自分の全《すべ》てを傾《かたむ》けて作らなければ、自分が納得《なっとく》出来る砂糖菓子を作れない。

シャルが帰ってきてくれて、思い知ったのはそのことだ。

シャルがいてくれるだけで、アンは、誰かのために砂糖菓子を作りたいという気力を取り戻《もど》せた。シャルがいてくれるからこそ、アンは誰かのために技《わざ》をつくせる。

シャルが帰ってきてくれたのだから、取り戻せた気力で砂糖菓子を作りたい。

「まずは最初のお客を見つけないとね」

せっかく砂糖菓子屋をはじめるならば、自分が心から作りたいと願う相手に、心をつくして砂糖菓子を作ってあげたい。

最初のお客は、どうやって見つければいいのだろう。この貼り紙を見て、のこのこやって来てくれる物好きは、いるだろうか。

「でも最初のお客は見つけても……それからのお客って、どうやって集めるのかな?」

この貼り紙が、何人ものお客を引き連れてくるほど効果絶大には、さすがのアンも思えない。

個人で砂糖菓子店を切り盛りしていたのを目にしたのは、アンの経験の中では、ジョナスの実家のアンダー家と、キャットの店くらいだった。

アンダー家は代々村に根を下ろしていたので、村人たちが当然のように注文をしてくれた。突然、こんな郊外《こうがい》の森の中に、ぽつんと出現する砂糖菓子店とは条件が違《ちが》いすぎる。

キャットの店は街中にあった。けれど街中にあってさえ、閑古《かんこ》鳥《どり》が鳴いていた。だとすると場所は、あまり関係ないのかも知れない。

自分の満足出来る砂糖菓子を作り続けて人に届けることは、存外、パウエル・ハルフォード工房のように、沢山《たくさん》のお客を獲得《かくとく》して繁盛《はんじょう》店になるよりも、難しいのかも知れない。

だが。とりあえずアンは銀砂糖に触って、何かを作りたい。手慰《てなぐさ》みで作る砂糖菓子とは違う、誰かのために、自分が最高と思える形を作りたいのだ。

それを作ることによって、自分がこの世界に生きた証《あかし》を残す方法が、見つけられそうな気がした。銀砂糖に触れていれば、きっといい考えが浮《う》かぶ。いつも、そんな気がするのだ。

「よし」

気合いを入れると、アンはミスリルを抱《かか》えたまま、馬小屋へ向かった。ミスリルを馬車の御《ぎょ》者台《しゃだい》に寝《ね》かせ、馬車に馬を繋《つな》いでいると、ようやくミスリルが目を覚ました。

「くっそ……シャル・フェン・シャル……。あれ、アン？　なにしてんだ？　シャル・フェン・シャルは？」

馬を繋ぎ終わると、目をきょときょとさせているミスリルの横に乗りこんだ。

「シャルは出かけたの。ルイストンだって」

「ああ、そっか。あいつは」

ミスリルが、わけしり顔で頷《うなず》く。

「シャルの用事、知ってるの？」

「まあ、あれだな。大人の事情ってやつだ」

ミスリルは腕《うで》組《ぐ》みし、難しい顔をしてうんうんと頷く。

「大人の事情？」

「まあ、いいじゃないか。それよりもどこかへ行くのか、アン？」

「わたしも、ルイストンへ行こうと思って。つきあってくれる？　ミスリル・リッド・ポッド」

「いいぞ！　帰りに、温めたワインを買ってくれるなら！　そろそろ、露《ろ》店《てん》が出はじめる季節だからな！」

「行くのは風見鶏亭だから。露店が出てなければ、風見鶏亭で飲めばいいじゃない？」

「アン！　いいこと言うな！」

ほくほく顔のミスリルとアンは、ルイストンへ向かった。


風見鶏亭は、アンの馴染《なじ》みの宿屋兼《けん》酒場だ。気のいい女将《おかみ》さんは、久しぶりに顔を出したアンの元気な姿を見て、涙《なみだ》ぐまんばかりに喜んでくれた。そして貼り紙も、快く貼ってくれた。

女将さんと世間話をして、その間にミスリルは温めたワインを二杯《はい》も飲んだ。

風見鶏亭を出る頃《ころ》には、ミスリルは上機嫌《じょうきげん》で、アンの肩《かた》の上で鼻歌を歌っていた。

アンも女将さんと話ができたので、明るい気分で、西の市場の辺りを歩いていた。

今日も市場が立っているので、街路は人でごった返している。

荷馬車を乗り入れられる状態ではなかったので、アンたちの乗ってきた馬車は、馬車預かりの広場に預けてあった。そこへ戻る道すがら、ミスリルと共に、色々と露店を冷やかして歩く。

布に獣脂《じゅうし》を塗《ぬ》ったテントが並び、その下には野菜や、燻製《くんせい》にした肉など、様々な食材や、生きた鶏《にわとり》などが売られている。立ち食いの露店も出ていて、燻製肉をあぶる香《こう》ばしい煙《けむり》が、あちこちであがっていた。そしてその周辺には、秋から冬の市場名物、温めたワインを飲ませる露店も出ていた。ワインに香辛料《こうしんりょう》を混ぜた、甘い香《かお》りがする。

ミスリルの目が、きらきらする。

「アン！　アン！　あの露店のワインは、香辛料が独特なんだ！　知ってるか？　毎年出てるんだ。すごくうまいんだぞ。アン。なぁ、飲みたくないか!?」

ぴょこぴょこ、アンの肩の上で跳《は》ねるミスリルの喜びようが可愛《かわい》い。

「どうしようかな」

「アンも飲んでみろ、なっ！」

久しぶりに気分が良かった。たった貼《は》り紙一枚貼っただけだが、新たな一歩を踏《ふ》み出したような気がしていたので、景気づけも悪くない。

「じゃあ、わたしも一杯《いっぱい》飲もうかな」

「俺様が買ってきてやる！　金くれ、金！」

たちの悪いどら息子《むすこ》みたいな要求に、アンは苦笑《くしょう》しながら、銅貨を渡《わた》す。

「はい、お金。わたし、そこの角で待ってるから」

「行ってくる！」

嬉《うれ》しそうに跳ねながら、人混《ひとご》みの中に潜《もぐ》りこむミスリルを見送って、アンは待ち合わせに決めた路地の出入り口の側《そば》に立って、ほっと息をつく。

目の前を、右から左、左から右と、無秩序《むちつじょ》に行き交《か》う人々を、なんとなく目で追う。

——この人たち、みんな生きた証を残すんだろうな。わたしも、できれば、なにか残したいけど。

ぼんやりと思う。この雑踏《ざっとう》を行き交う人々が残す証とは、なんだろうか。自分も雑踏の中の一人なのだから、彼らが残すものが分かれば、自《おの》ずと、自分が残す証も分かるのではないだろうか。

生きた証は、子孫だろうか。しかし子供に恵《めぐ》まれない人など、たくさんいる。その人たちが、生きた証は、なんだろうか。

――でも……。なんでだろう、見えない。

自分もこの雑踏の中の一人なのに、この雑踏の中の人々が残す、生きた証がなんなのか、まったく見えない。どうしてだろうか。

その時、ちらりと目の端《はし》に黒い姿がよぎった。目を惹《ひ》きつけられた。人波の中でも抜群《ばつぐん》に目立つ、すらりとした後ろ姿と、美しい絹のような光沢《こうたく》のある片羽。

――シャルだ！

こんな場所で出会えたことが嬉しくて、アンは、人波に遮《さえぎ》られがちな彼の背中に声をかけようと、路地の出入り口から離《はな》れて雑踏の中央に出た。

「シャル……」

と、声をかけようとしたが、その声が喉《のど》の奥で引っかかった。

シャルの横を歩いていた、金色の髪《かみ》に紫色《むらさきいろ》のドレスを身につけた華奢《きゃしゃ》な女性の後ろ姿が、人波に押されてよろめいたのだ。その女性を、シャルは気遣《きづか》うように手を伸《の》ばし、腕《うで》を摑《つか》み、自分の側に引きつけたのだ。

「……え……」

立ち尽くしていると、シャルと女性の姿は、あっという間に人波の中に消える。

――あれは、誰《だれ》？

ルイストンへ行くと、シャルは言っていた。だが何の用事かは言っていなかった。はぐらかす素振《そぶ》りだった。はぐらかすということは、アンに、用事の内容を言いたくないのだろう。もしアンが聞いても問題ない用事なら、はぐらかさないはず。

アンに知られたくない、用事。そしてシャルは、綺麗《きれい》な金色の髪をした女性と、歩いていた。

そこで気がつく。

――そうか。シャルはこの一年、記憶《きおく》をなくしていたんだ。もしかして……。

その一年間に恋人《こいびと》がいなかったとは、断言出来ない。シャルは森の中で、気のいい兄弟と暮らしたと言っていたが、その兄弟と共に遊びに行くこともあっただろう。友だちも、何人かはできたかも知れない。恋人だって、いたかもしれない。

――けれどシャルは思い出したから、帰ってきてくれた。でも、恋人がいたなら。

シャルは、優《やさ》しい。だから一年間恋人として過ごした相手を、記憶が戻《もど》ったからといって、きっと無慈悲《むじひ》に捨てたりはしない。

シャルは、悩《なや》んでいるはず。金髪《きんぱつ》の恋人も、戸惑《とまど》っているはず。

そんな二人の気持ちを思えば、許せないと言えない。今すぐ離れて欲しいとは、言えない。一年間の空白は、アンの心が傷ついた以上に、もっと深刻な問題を生んだのかも知れない。

——でも、勘違《かんちが》いかもしれない。恋人じゃない可能性だってある。そうよ。そう……。

冷静に、そう思う。けれど気持ちが理性に追いつけずに、胸の中に言いようのない寂《さび》しさが広がっていた。

◇

その日の夜、満月が美しかった。

——遅《おそ》いなぁ。

シャルと金髪の女性を目撃《もくげき》した後、アンはミスリルと共に温めたワインを飲んで、自分の家へ帰った。どことなく沈《しず》んだ様子のアンを、ミスリルがやたらと気にするので、アンは努めて明るく振《ふ》る舞《ま》った。

ミスリルと二人で夕食を終えた。ミスリルは、早朝からの作業と外出で疲《つか》れたのか、早々に、自分のベッドに潜りこんだ。

アンの家は、小さい。出入り口を入ると、台所兼居間兼作業場として使っている大きめの部屋だ。その部屋の最奥《さいおう》に、扉《とびら》が二つ並んでいる。二つとも、寝室《しんしつ》へ続く扉だ。両部屋とも、二台のベッドがようやく入れられる程度の小部屋だ。

家にはその三部屋しかないので、シャルが帰ってくるまでの一年は、寝室は、ミスリルとアンが一部屋ずつ使っていた。しかしシャルが帰ってから、彼の寝《ね》る場所に困った。

ミスリルは歯をむき出して、絶対にシャルと相部屋はいやだと拒否《きょひ》したし、シャルも、歯ぎしりがうるさくて眠《ねむ》れないから、断固拒否すると言った。

必然的に、恋人同士のアンとシャルが、一部屋を使えばいいということになった。

一緒《いっしょ》のベッドに眠ったこともあるし、大丈夫《だいじょうぶ》だろうと思ったが、甘かった。

傍《かたわ》らに眠りこけているミスリルがいないだけで、緊張感《きんちょうかん》が格段に違《ちが》った。しかも一年ぶりの再会だ。アンは緊張のあまり三日間眠れなかった。するとシャルがそれに気がついたらしく、四日目からは、居間の長椅子《ながいす》で寝るようになった。

シャルにそんな気を遣《つか》わせているのも、申し訳なかった。しかし大丈夫だから一緒に寝ようと誘《さそ》っても、シャルは、「まだ、いい」と言って、それからアンの部屋にやってこない。

けれどそれには、別の理由があったのかもしれない。一年間、恋人として過ごした金髪の女性に対して、気を遣っていたのかも知れない。そんな妄想《もうそう》が膨《ふく》らんでしまう。

とにかく、確かめようと思った。アンがおかしな妄想を膨らませただけ、で終わってくれれば、笑い話だ。

シャルは、なかなか帰ってこない。暗くなるまでには帰ると言っておきながら、既《すで》に真夜中を過ぎていた。

ミスリルが眠ってしまってから、アンは心配で、いても立ってもいられなかった。

──いっそ、ルイストンまで行ってみようかな？

一瞬馬鹿《いっしゅんばか》なことを考えて、食卓《しょくたく》の椅子から腰《こし》を浮《う》かすが、すぐに冷静になった。暗くなってから、女が一人でうろつくのは危険だ。

しかしそわそわとして、座っていられない。家の戸口から何度も外を覗《のぞ》き、面倒《めんどう》になって、戸口の脇《わき》に膝《ひざ》を抱《かか》えて座りこんだ。それほど寒くもないし、月も明るい。

シャルが、金髪の恋人と今どこかで、手を繋《つな》いでいるかもしれないと思うと、胸の奥がきゅっとする。しかしそれ以上に、まさか以前のように、二度と帰ってこなくなったらどうしようと、その不安が強い。不安というよりも、それは恐怖《きょうふ》に近い。怖《こわ》いのだ。

シャルを待っていた一年、こうやって毎夜毎夜、家の戸口の脇に座っていたこともある。その時のことを、思い出してしまう。シャルに新しい恋人が出来たのならば、アンはきっとやるせなくて、泣いてしまう。けれどシャルがまた、永久に消える不安に比べれば、どうってことないかもしれない。

──でも、寂しい。

シャルが、今この時、アン以外の女の子に触《ふ》れていると思うと、寂しくてたまらない。妄想かも知れないけれど、寂しさはどうしようもない。

けれどもっと最悪なことに、二度と帰ってこなかったらと思うと、恐怖で身がすくむ。

――怖い。

二つの感情が、螺旋《らせん》のように絡《から》まり合って息苦しい。

――寂しい。怖い。寂しい……。怖い。シャル。寂しい……。

抱えた膝に顔を埋《うず》める。ざらざらと、砂糖林檎《りんご》の葉が風に揺《ゆ》れる。

髪や肩《かた》に、ひんやりと夜露《よつゆ》が降りかかる頃《ころ》に、足音が聞こえた。

のろのろと顔をあげると、砂糖林檎の林の向こうから、シャルがゆっくりと歩いてくるのが見えた。月光が明るいので、砂糖林檎の細い枝も、シャルの背中に見え隠《かく》れする片羽も、銀色に光っている。

帰ってきた姿をぼんやりと見つめると、じわりと瞳《ひとみ》が熱くなる。

――帰ってきてくれた。

恐怖が、心の中で溶《と》けていく。そして寂しさが残る。

シャルは夜気を嗅《か》ぐように涼《すず》しげな表情だったが、家の戸口に座りこむアンを見つけたらしい。驚《おどろ》いたように目を瞬《まばた》き、すぐに早足になって近寄ってきた。

「どうした、アン」

アンの前に膝をついたシャルが、急《せ》き込んで問う。どうして帰宅が遅かったのか、問う気はなくなった。帰ってきてくれたのだから、それでいいと思えた。

だが、訊《き》かなくてはならないことは、残っている。

「今日。シャルはルイストンにいた？」

ぽつりと問うと、彼は意外なことを訊かれたような顔をする。

「言ったはずだ。ルイストンへ行くと。確かに行った。それがどうした？」

そこで、女の人に会っていた？　と、問いたかった。けれどそれ以上、訊くべき言葉が形にならない。寂しくてどうしようもないけれど、怖くない。シャルが戻ってくれただけで、充分《じゆうぶん》だ。そんな気がして、余計な事を訊く気になれない。

「ううん、なんでも、……ない」

大人らしく振る舞うには、ここで笑顔《えがお》を作る必要がある。アンは、笑った。

――多分、きっと大人の女の人は、シャルを信じる。そしてシャルが、帰りが遅いことや、女の人と会ってたことをきちんと説明してくれるまで、待つんだ。きっと、そう。

いきなり問い質《ただ》すよりは、それが大人らしい対応だろう。

「帰りが遅くなった。心配させたか」

申し訳なさそうに言うと、シャルは手を引いてアンを立ちあがらせてくれた。

アンの手を握《にぎ》ったシャルの手は、人間のように温かくはない。けれど樹木に触れるときのように、あるかなしかの温《ぬく》もりがあって、冷たくはない。

その手が、愛《いと》しくてたまらない。掌《てのひら》をとおして、優《やさ》しさが胸に染《し》みる。こんな優しいシャルを、困らせてはならない。彼に相応《ふさわ》しくありたい。

「悪かったな」

許しを請《こ》うように、シャルがアンに口づけしようとした。しかし反射的に、アンは顔を背《そむ》けてしまった。大人らしくしようと決めたのに、自分の心の奥底がまだ子供っぽくて、不安や疑問を抱えたままで、口づけられることを拒否してしまった。

──やっちゃった……。

そう思ったが、後の祭りだ。

シャルが不審《ふしん》な表情をしたので、視線をそらしたまま、アンは慌《あわ》てて言った。

「ごめんね。大丈夫。ちょっと……眠くなっちゃったから、寝るね！　おやすみ！」

元気に明るく言うと、シャルの手を離《はな》れ、ぱっと家の中へ駆《か》け込んだ。

シャルの口づけを拒否した自己嫌悪《けんお》で、アンはその夜、毛布を被《かぶ》って丸まって泣き寝入《ねい》りした。以前と比べてちっとも進歩していない自分の体《てい》たらくが、情けなかった。

でもとりあえず、シャルに見られていないので、ずっと子供の頃からしていたように、情けなく落ちこんでいた。

翌朝、いつもの習慣で朝日が昇《のぼ》る前に目が覚めた。

泣き寝入りをしたせいで、腫《は》れぼったい目をしたまま寝室を出る。

台所兼《けん》居間兼作業場は、薄暗《うすぐら》かった。歪《ゆが》みもくもりもあるが、いちおう、窓にはガラスが入っている。それはアンが、この家を造る時にした、唯一《ゆいいつ》の贅沢《ぜいたく》だ。外気を入れない状態で明かりを採るには、窓ガラスが必要だ。砂糖菓子《がし》を作る時に、とても便利なのだ。

窓ガラスを通して、朝焼けの紫《むらさき》の空が見える。

薄暗い部屋の中で、シャルは長椅子で横になって目を閉じていた。ブーツの足先は、椅子からはみ出ている。窮屈《きゅうくつ》そうに眠《ねむ》っているのが申し訳ない。

アンはそっと近づいて、長椅子を覗きこむ。すると、突然《とつぜん》シャルの目がぱちりと開く。

「わっ！」

びっくりして背後によろめくが、シャルが素早《すばや》く身を起こし、アンの手を摑《つか》むと引き寄せた。

すると今度はシャルの方に体が傾《かし》ぎ、シャルの胸の中に倒《たお》れこんだ。勢いで、シャルもまた長椅子に倒れる。

横たわったシャルの上に覆《おお》い被《かぶ》さるようになって、アンは、かぁっと頰《ほお》が熱くなる。

「ごめん！　ごめん！　重いよね！」

「いい。そもそも、俺が引き寄せた」

言われてみれば、そうだ。目の前に、シャルの綺麗《きれい》な黒い瞳がある。黒い色は何もかも見透《みす》かすように深い。自分が、こんな綺麗な瞳の妖精《ようせい》の恋人《こいびと》だということが、信じられない。でもシャルが恋人だと言ってくれる限り、それに相応しく、可能な限りは素敵《すてき》な人でいたい。

そんな思いが強くなる。

「眠ったら、元気になったか？　昨夜は妙《みょう》な様子だったが」

「あ……。うん。平気。なんでもないから、平気」

「にしては、目が腫れてる」

「そうかな？　どうしてかな？　あ、きっと、うつ伏《ぶ》せて眠ったから……」

言い終わらないうちに、シャルがちょっと顔をあげて、アンの瞼《まぶた》に口づけた。そうされると、頬どころか、全身が熱くなって、もう、どうしようもないほどにいたたまれない。逃《に》げ出したいほどなのに体が動かず、シャルの綺麗な瞳から視線を外せない。

「なにか無理をしていないか？」

問われたが、声が出ず、ふるふると首を振《ふ》る。

「なら、いいが」

言うと、シャルはアンを抱えたまま体を起こした。そしてアンを長椅子《ながいす》に座らせると、自分は立ちあがる。長椅子の背に掛《か》けてあった上着を手に取ると、袖《そで》を通しながら言った。

「今日も、ルイストンへ行ってくる」

——今日も？

おもわず言いそうになったが、はっとして言葉を呑《の》みこむ。

シャルに相応しく、大人の素敵な女の人になりたいと、今さっき思ったばかりだ。シャルに、別の恋人がいるかもしれない疑惑《ぎわく》は、自分の妄想《もうそう》かも知れない。そんな妄想は、抑《おさ》えこむ。

「うん。いってらっしゃい」

歩き出したシャルの背中が、アンから離れていく。扉《とびら》を開く。

薄紫《うすむらさき》の明かりを背景に、艶《つや》やかな薄絹《うすぎぬ》のように輝《かがや》く片羽と、黒髪《くろかみ》が綺麗だ。その綺麗さにはっとしてしまう。あまりに綺麗すぎて、幻《まぼろし》のようだ。

どくんと、心臓が跳《は》ねた。

まただ。また突然、昨日のシャルとの別れ際《ぎわ》と同じような、奇妙《きみょう》な感情が吹《ふ》き出す。

――行かないで。

また、シャルは消えてしまうかもしれない。そんな不安が、胸の奥から湧《わ》きあがる。けれどそんなことはないと、分かっている。シャルはルイストンへ行くだけだ。分かっている。けれど湧きあがる不安が、どうしようもない。

――行かないで。行かないで、行かないで！

シャルが戸口から一歩踏《ふ》み出した瞬間《しゅんかん》、思わず立ちあがり、駆け出していた。ぶつかるように、シャルの背中に抱《だ》きついた。

「行かないで！」

とうとう、言ってしまった。そのことに愕然《がくぜん》とし、その後、蒼白《そうはく》になった。

「どうした？　アン」

シャルの驚《おどろ》いた声を聞くと、わけもなく不安になった自分が恥《は》ずかしくて、跳ねるようにして背中から離れた。ふり返ったシャルは、目を丸くしている。

「アン？」

「ごめんなさい！」

謝るだけで精一杯《せいいっぱい》だった。驚いているシャルの脇《わき》をすり抜《ぬ》けて、砂糖林檎《りんご》の林へ向けて、駆けた。

「アン！」

シャルの声が追ってくるが、振り切るように走った。そうして走り続けていると、息があがり、足がもつれた。張り出していた砂糖林檎の木の根に蹴躓《けつまず》き、前のめりに倒れこんでしまった。四つん這《ば》いで起き上がって背後を確認《かくにん》するが、シャルの姿はない。

アンは、つまずいた砂糖林檎の木の根元に座りこむと、膝《ひざ》を抱《かか》えた。抱えた膝に額をつけて、顔を埋《うず》める。

――馬鹿《ばか》。わたしは、馬鹿だ。

恥ずかしくて、消えてしまいたい。

大人らしくしたいと思いながらも、おかしな妄想で寂《さび》しくなってみたり。ただ出かけるだけのシャルが、二度と帰ってこないような不安にかられて、そのあげくに「行かないで」と、言ってみたり。

シャルの恋人になれた。帰ってきてくれた。夢のようだと思う。けれどこのままでは、シャルに愛想《あいそ》を尽《つ》かされてしまうかもしれない。

そのまま動けなかった。


どれくらいの時間そうしていたのか、膝を抱えた手に、ふわりと柔《やわ》らかな風が触《ふ》れた。

「なにしてるの？　アン」

突然、目の前から声がした。何の気配もなく声だけ聞こえたので、アンは驚いて顔をあげた。目の前にしゃがみ込み、アンを覗《のぞ》きこむ少年妖精の顔がそこにはあった。

「エリル！」

あまりに驚いて、アンは悲鳴のような声をあげてしまった。

夜空からこぼれた星の光を集めたような、銀色の髪《かみ》。その髪をさらさらと揺《ゆ》らし、エリルは小首を傾げてこちらを覗きこんでいる。

「どうしたの、こんな場所に座って」

「エリルこそ、びっくりした！　すごく、すごく、久しぶり。元気だった？」

「うん。とても元気だよ」

「良かった、顔、見られて」

エリルの顔を見られたことが嬉《うれ》しくて、ほっとして、自然に笑顔《えがお》になれた。

妖精王と人間王との決着がついてから、エリルは、銀砂糖妖精筆頭の住む場所に行った。下《へ》手《た》に妖精王の姿をさらして、人間と妖精に混乱をもたらさない配慮《はいりょ》からだった。

あれから一度も、エリルはアンの前に姿を見せていなかったのだ。

「でも、いつ来たの？　どうやって？　そもそも、何しに？」

疑問符《ぎもんふ》ばかりのアンに、エリルは微笑《びしょう》する。その微笑《ほほえ》み方が、すこし大人びた気がした。

「今来たんだ。筆頭にお願いして、砂糖林檎の気脈で、送ってもらった。アンに会いたくて」

「わたしに？　あ、そうだ！　シャルが帰ってきたの、知ってる!?　誰《だれ》か知らせた!?」

大切な報告を忘れていたことに、自分でも驚いてしまう。だがエリルは心得ているように頷《うなず》く。

「知ってる。というよりか、シャルが筆頭の所に来てくれたんだ」

「え、いつ？」

「一ヶ月くらい前。僕が筆頭の所にいるのを知って、驚いてた。シャルは、一年間記憶《きおく》をなくしていたけれど、これからアンの所に帰るって言って。それで、ひどいことも言ってた」

その時のことを思い出したように、エリルはくすっと笑う。

「聞くのが怖《こわ》い気もするけれど、なんて言ってたの？」

『本当なら、真っ直《す》ぐアンの所に帰るのに、気が向いたからここに来てやった。筆頭の顔なんかは、見たくなかった。だから俺をさっさと、砂糖林檎の気脈を使って、アンが住む場所の近くへ送れ』ってね。きっとシャル、アンの住んでいる場所を特定出来なかったんだよ。だから筆頭なら、なにか知っていると思ったんじゃない？　でも、素直《すなお》にお願いしますって言わなかったよ、シャル」

「……え」

シャルが帰ってきてくれた時のことを、思い出す。

砂糖林檎の林の中に、シャルは突然《とつぜん》出現したようだった。砂糖林檎の林を、悠然《ゆうぜん》と歩いてきたのだ。きっと街道《かいどう》を辿《たど》ってきたなら、砂糖林檎の林よりもまず先に、家の周囲に現れるはずだ。なのに彼が砂糖林檎の林に現れたのは、そういうことだったのだ。

しかしそれよりも、シャルがエリルや銀砂糖妖精《ようせい》筆頭に言い放った言葉だ。

その言葉は、エリルや筆頭には申し訳ないが、とてつもなく嬉しかった。彼が、アンの所に帰りたいと、強く願ってくれたことが嬉しい。

シャルは、自分でアンの居所を見つけられないので、どうしようもなくて、頭をさげるのが嫌《いや》な相手に、頭をさげに行ったのだろう。

――シャルも、困ったんだ。色々困って、考えて。寄り道して。

不思議だった。その話を聞くと、シャルがふいに消えてしまうのではという不安が、霞《かす》んでいく。なぜだろうか。

——そうか。シャルが、がんばって帰ってきてくれたって、分かるから。

すらりと突然に、シャルは帰ってきたような気がしていた。だからあまりにも現実味がなくて、アンは、どうしようもなく不安になったのだ。あれほど幻のように綺麗《きれい》に帰ってくるのならば、またすぐに、幻のように消えてしまわないか、と。

けれどシャルは、幻のように帰って来たわけではない。

記憶を取り戻《もど》してもアンを探しあぐね、困り果てて銀砂糖妖精筆頭を頼《たよ》った。そして頭をさげに行ったにもかかわらず、さげきることもせず、要求を通した。彼らしい、強引《ごういん》さだ。綺麗な帰り方でも、幻のような登場でもない。

シャルはあれこれと苦労して、やっと帰ってきたのだ。

それが妙《みょう》に現実味を帯びているからこそ、アンの不安を消した。

帰ってきたシャルは、幻ではない。困って考え、寄り道をした。あれこれと苦労して、やっと帰ってこられたのだ。魔法《まほう》のように帰って来たのではない。だから、今、アンと共にいるシャルは、しっかりとした現実の存在なのだ。

今更《いまさら》ながら、ようやくアンは、自分の不安の原因を理解した。

そしてそれと同時に、不安は溶《と》けていく。

「筆頭は送るのを渋《しぶ》ったけど、僕から筆頭にお願いした。シャルが、僕の知りたかったことを、教えてくれたから」

「知りたかったこと？」

「大切な人の、こと」

エリルは、心から安堵《あんど》した笑顔を見せる。

「それを知ることが出来たから、僕も色々なことをしようかなって、気分になったの」

「色々って？」

「勉強」

気恥《きは》ずかしそうに、エリルは答えた。そう言われて気がついたが、エリルは片手に、何冊も大きな革《かわ》表紙の本を抱えている。アンの視線に気がついたらしく、エリルは悪戯《いたずら》っぽく笑う。

「これ、本。凄《すご》いでしょう？　実はこっそり、人間王にお借りしてる。本って、僕見たことがなかったの。貴重なんだね、本って。王城とか、貴族の城とか、国教会とか。歴史のある古い商家とか職人の家にしか、ないんだって。でも当然だよね。過去のことや、遠い世界のことや、誰かの素晴《すば》らしい考えが沢山《たくさん》つまってるから、大切なものだよね」

愛《いと》しそうに、エリルは本の背表紙を撫《な》でる。

「僕は色々と考える必要があると思う、これから。でも、知識がなければ考えられないだろうって筆頭に言われて。だから勉強してる。人間の歴史とか、考えとか、宗教とか。それでたまに、こっそり、いろんな場所へ出て行って、色々見たりするんだ」

「すごいね。エリル」

　思わず、感嘆《かんたん》の声が洩《も》れる。

　エリルは、人間王との誓約《せいやく》を成立させるために、自分は妖精王だと自覚した。言うなれば、本当の王になってまだ一年なのだ。それなのにこうやって、自分がいずれ、様々に考えるべき時が来ることを予見して、学ぼうとする姿勢に驚くと同時に、尊敬すら覚えた。自分がなにも知らないことを知っているからこそ、彼は知ろうとする。

「それでね、僕」

　もじもじと、エリルが俯《うつむ》く。王として学ぼうとしているのに、まだこんな様子を見せるのが、なんともちぐはぐで愛らしい。

「なに？」

「砂糖菓子《がし》が欲しいの」

「そういえば。ずっと前に、エリルにも砂糖菓子を作ってあげるって約束してたのに。すっかり忘れて、わたし。ごめん」

「ううん、違《ちが》う。貰《もら》うのじゃなくて、買いたい」

「え？」

　エリルは、真剣《しんけん》な表情だ。

「銀砂糖師の砂糖菓子は、ただで貰えるようなものじゃない。砂糖菓子を作った人に敬意を込めて、そして自分が欲しい砂糖菓子を、手を抜《ぬ》かずに作ってもらうために、代価を支払《しはら》う必要があるものだ。そうだよね。僕、すこしは勉強したんだ。だから、あなたに代価を支払って、僕が欲しいと思える砂糖菓子を、あなたに作ってもらいたい」

無邪気《むじゃき》さだけではなく、そこには、きちんと世界の仕組みを理解して、その上で振《ふ》る舞《ま》いたいと願う真摯《しんし》さがあった。

——これは、砂糖菓子の製作の依頼《いらい》？

とくんと、すこしだけ、胸が温かく鼓動《こどう》する。自分のみっともなさに打ちひしがれていただけの心が、わずかに上を向く。

——最初のお客様だ！

身を乗り出す。

「どんな砂糖菓子が欲しいの!?」

問うと、エリルは微笑む。

「僕が、妖精王と呼ばれるのに相応《ふさわ》しい者になれるように。その願いが叶《かな》うように」

漠然《ばくぜん》とした言葉だ。彼には、願いや思いはある。けれどそれをどういう形にすればいいのかは、分からないのだろう。

——でも、それなら。わたしが形にして見せてあげられれば。

エリルの希望の形が、アンの中で形を作る。その形がぼんやりと像を結ぶ。それはアンの気持ちを奮い立たせる。

「わかった。作る。作れるから」

微笑むと、それに呼応したようにエリルも微笑んだ。

「良かった。代価は、支払うつもりだよ」

「うん、受け取る」

世界の仕組みを知り、従おうとするエリルの真摯さを、アンは尊重した。

「嬉《うれ》しい、良かった。じゃあ、三日後に取りに来る」

「三日⁉」

本を抱《かか》えて立ちあがったエリルが、当然のように言ったので、アンは仰天《ぎょうてん》して飛びあがった。

「なんで三日後⁉」

「三日後、また来る予定だもの。その日に、支払いをするから。じゃあね、アン」

「ちょ、エリル！」

軽く手を振ると、エリルはとんと軽く背後に跳躍《ちょうやく》した。彼の体がふわりと銀色の光に包まれ、いきなり銀色のぼんやりした光の玉に変わり、弾《はじ》けるような光を一瞬《いっしゅん》放って消えた。

「三日……。なんで、三日しかないの？」

念願の最初のお客様だ。なのに砂糖菓子の製作期間は、たった三日だ。

——最初から、わたしの一歩は、前途《ぜんと》多難？

そんな気もした。けれど、

――でも……できる。作れる。作りたい。

もっと厳しい条件で、納得《なっとく》できる砂糖菓子を作ったこともある。気持ちが奮い立つ。

「作れるのか？　三日で」

背後から声がしたので、びっくりして飛びあがる。ふり返ると、砂糖林檎《りんご》の木の陰《かげ》からシャルが現れた。

「シャル。いたんだ。……いつから」

「おまえが転んだときから」

「そんな前!?」

「あの様子では、俺が姿を現した途端《とたん》に、また逃《に》げそうだったからな」

「……ごめんなさい」

しょんぼり心から謝ると、苦笑《くしよう》しながらシャルは近づいてきた。頬《ほお》に手を添《そ》えられたので、アンはシャルの顔を見あげた。

「無理をしていないかと、俺は訊《き》いたはずだが？　言えないか？」

現実のシャルだと、黒い瞳《ひとみ》を見あげて再確認《さいかくにん》する。とても美しいが、しっかりとアンの顔を見つめてくれる、強い輝《かがや》きのある瞳だ。

一年前。アンは突然《とつぜん》、真っ暗闇《くらやみ》の深い穴に突《つ》き落とされたようだった。その中であがいて、呻《うめ》いて、一年間を過ごしていた。その暗い穴の中に、突然、奇跡《きせき》のように美しいシャルの姿が出現したのだ。そのことが嬉しくて、しかし同時に、不安でもあったのだ。あまりに突然のことで、アンは目の前にシャルの姿があるのに、未《いま》だに真っ暗な闇の底で、自分の作り出した幻《まぼろし》と向き合っているような現実味のなさを感じていた。

だが、今ようやく、周囲の暗闇が霧《きり》のように晴れていく。

ちょうど朝日が昇《のぼ》り、アンの心の中にある闇を新たな光で消す。

──シャルは、ここにいる。

それが現実だと、心の中にすとんと落ちた。これは幸福すぎるけれど現実なのだ。

向き合うアンとシャルを、朝日が照らす。

「怖《こわ》かったの」

不安すぎて言葉にもできなかったことを、ようやく言えた。

「シャルがまた消えそうで、ずっと怖かった。ルイストンへ行くだけだってわかっていても、怖かったの。けれどそんなこと言ったら、子供みたいだから。素敵《すてき》な、大人の女の人みたいに、振る舞いたくて」

くすっと、シャルは笑った。そして身をかがめると、軽く口づけた。唇《くちびる》を離《はな》すと、息がかかる近さで囁《ささや》く。

「おまえは、無理をしなくても立派な大人だ。おまえらしく、していればいい。不安なら、不安だと言え。言いたいことは言え。大人らしい女や、素敵な女には、興味がない。おまえらしい大人になれ」

嬉しかった。今までの不安や、シャルに相応しくありたいと無理に背伸《せの》びしていたことが馬鹿《ばか》らしいほどに、シャルの言葉がアンの中のこだわりや、哀《かな》しみや、そんなものを溶《と》かす。

「じゃ、じゃあ。あのね。昨日シャルは、ルイストンで、金色の髪《かみ》の女の人と、一緒《いっしょ》にいた？」

それを訊くと、シャルは驚いた顔をした。

「どこで、そんなものを見た」

「西の市場の、真ん中を歩いているのを見た」

「あれか。あれは、ブリジットだ」

「ブリジットさん!? なんでルイストンにいたの？」

「来年の春、オーランドと結婚《けっこん》するそうだ。花嫁衣装《はなよめいしょう》を見たいから、護衛がわりについてこいと言われた」

「結婚!? 素敵！」

目を輝かせると、シャルは柔《やわ》らかく微笑《ほほえ》む。

「素敵、か」

「うん。素敵。お祝いに、わたし、砂糖菓子を作ろうかな」

うきうきと言うと、

「その前に、三日間で、エリルに砂糖菓子《がし》を作る必要があるがな」

と、突っこまれた。

「そっか。そうね」

今まで抱えていた不安や疑問や寂《さび》しさが、一気に消えていた。砂糖菓子を作れる嬉しさで、霧が晴れるように心が明るくなる。

「新しくはじめるわたしの店の、最初のお客様だもの。とびきりのもの、作る」

「おまえには、やはり砂糖菓子が必要だな」

シャルはアンを抱《だ》きしめ、頭のてっぺんに口づけた。


石の器《うつわ》に冷水を満たし、作業台に置く。ヘラやめん棒、切り出しナイフを、それぞれ大小取りそろえた。はずみ車も、作業台に並べる。作業台の脇《わき》には、織機も準備した。

普通《ふつう》ならば色粉も揃《そろ》えるのだが、今回は必要ない。ミスリルの作った、色の銀砂糖を使うつもりだからだ。

赤、黄、青の三色の銀砂糖を混ぜ合わせ、様々な色を作るのだ。

エリルと別れたアンは、シャルとともにすぐに家に帰った。

ミスリルが起き出していたので、エリルから仕事を依頼《いらい》されたことを伝え、三日間、作業に没頭《ぼっとう》すると宣言した。

ミスリルは驚《おどろ》いたようだったが、自分は自分の仕事を終わらせるために引き続き、銀砂糖を碾《ひ》く作業をすると言って外へ出た。

シャルは、ルイストンへ行く予定を取り止《や》めた。アンはもう平気だから、ルイストンへ行ってもいいと勧めたが、シャルは「今日一日だけは、一緒にいる」と言ってくれた。それから彼は長椅子《ながいす》に寝《ね》そべり、見るともなしにアンの様子を見ている。

シャルは落ち着いた様子だ。床《ゆか》に流れる片羽は、穏《おだ》やかな薄緑《うすみどり》色だ。彼の気分のよさそうな表情と視線は、心地《ここち》いい。

シャルがいるからこそ、誰《だれ》かのために砂糖菓子を作りたいという、自分の思いや情熱を取り戻《もど》せた。

――妖精《ようせい》王に相応《ふさわ》しいもの。

考えるだけで、胸が高鳴る。王に望まれて砂糖菓子を作るということは、銀砂糖子爵《ししゃく》と同じということだ。銀砂糖子爵は人間の王のために作るのだが、アンは妖精の王のために作る。しかも王が「自らが王たるために」と願いを込めた砂糖菓子だ。

これほど光栄なことがあるだろうか。

――それほど仰々《ぎょうぎょう》しい、大きなものは必要ない。本当に偉大《いだい》なものは、けして仰々しくもないし、威圧《いあつ》的でもない。両腕《りょううで》で抱えられる程度の大きさの作品がいい。今のエリルが、もっと素晴《すば》らしい妖精王になれるような。それは、どんな形？

作業台の前で目を閉じると、様々なものが瞼《まぶた》の裏に乱舞《らんぶ》する。

エリルの微笑みと、星屑《ほしくず》を集めたように光る銀の髪。知識を欲《ほっ》して輝く、銀の睫《まつげ》。細い指。指が撫《な》でた、古びた革《かわ》の本の背表紙。ぴんと伸《の》びた二枚の羽。

——エリルはきっと、こつこつと学んで知識を得て、妖精王として、妖精の世界を陰から支えて回していく。そんな王様になって欲しい。

そんなエリルの姿を想像すると、アンの中で、ぼんやりと何かが形になる。

それを摑《つか》もうとするように、アンは無意識に両手を前に伸ばし、微《かす》かに指を動かす。見えないその形に触《ふ》れようとするように。すると形は、徐々《じょじょ》にはっきりする。

次の瞬間《しゅんかん》、

——見えた！

ぱちりと光が弾《はじ》けるように、その形が定まった。

アンは目を開くと、急いで指を冷水の器に浸《ひた》した。

——見えた！　見えた！

指が冷えると、純白の銀砂糖を作業台の石の板の上へ広げた。形をつかみ取れた喜びを抑《おさ》え、指先に集中する。呼吸を数える。

──呼吸。そして瞬《まばた》きの数。冷静に、素早《すばや》く。

呼吸を二十まで数え、それからゆっくりと銀砂糖を練りはじめた。

シャルはそんなアンの様子を、満足そうに眺《なが》めていた。

エリルからの砂糖菓子製作の依頼を受けたその日から、アンは作業台の前から離れなかった。

食事はミスリルが作り、アンの分も、そっと食卓《しょくたく》に残しておいてくれる。アンは作業の合間にそれを食べると、すぐに作業に戻った。シャルは最初の日こそ一日家にいたが、翌日はまた、ブリジットにつきあうためにルイストンへ行くと言って出かけた。

しかし気にならなかった。ようやく、シャルが消えることに対する不安がなくなっていた。

さらに銀砂糖に触れている時間は、ただ手元にだけ集中していたので、他《ほか》のことを考える余裕《よゆう》すらなかったのだ。

この一年間、忘れていた高揚感《こうようかん》だ。嬉《うれ》しくて、どうしようもない。指先で、自分が心の中につかみ取った形をなぞっていく。

──妖精王だもの。神々《こうごう》しく。けれどエリルだもの。愛らしく。人に愛されるように。

色の銀砂糖は、混ぜ合わせても色が濁《にご》らない。深い色でさえ、どこか艶《つや》やかで、わずかな輝《かがや》きすらある。

薄《うす》い青と、薄いピンク。二色を作って馴染《なじ》ませて、水面の上に色を流したような、絶妙《ぜつみょう》なグラデーションにする。それは朝焼けの色に見えるし、夕空にも見える。明るいのに、不思議と落ち着いた色だ。

それをめん棒で、極限まで薄く薄く、透《す》けるほどにのばしていく。そして切り出す。

銀色の銀砂糖の糸を、沢山紡《たくさんつむ》ぐ。

深い茶の色を作る。練りこんで、艶を増す。暖かみのある深い色を形にして、ヘラで削《けず》る。

作業の合間に二度ほど、長椅子で横になって仮眠《かみん》した。

食事と二度の仮眠以外は、立ちっぱなしだ。けれど足の痛さも、肩の重さも、気にならない。

それほど興奮していたのだろう。

暇《ひま》になると、シャルは食卓に座ってアンの様子を眺めていた。

ときどき、長椅子に寝転《ねころ》んだりもする。

ミスリルも同様だ。家事と自分の銀砂糖精製の作業をしながらも、手が空くと、ときどき作業台に来て、アンの手つきを眺める。

自然とその場にいて、邪魔《じゃま》もせず、かといって妙《みょう》な気も遣《つか》わずに、アンを見守ってくれる二人の妖精の存在がある。だからこそ、アンはさらに没頭してしまった。

エリルと約束した、三日目の朝が来た。

まだ夜が明けきらず、ミスリルは寝室《しんしつ》で眠《ねむ》っていた。シャルはいつものように長椅子に横になって、うつらうつらしているようだった。

窓の外に薄紫《うすむらさき》の夜明けの空が広がり、そして程《ほど》なく、砂糖林檎《りんご》の細い木の枝や、艶やかな葉の輪郭《りんかく》を光らせながら、朝日が射《さ》しこんでくる。

アンの足元に光の筋が伸びると、その明るさに、何かを囁《ささや》かれた気がした。

針を手に持ち、必死で透《す》かし模様の微調整《びちょうせい》をしていたアンは、その光の囁き声で、はっと我に返った。その囁きは「完成だよ」と、言った気がした。

手を下ろし、目の前の砂糖菓子を眺めた。

「……これ。これで、いいよね」

長い息をついた。

脱力《だつりょく》して眺めていると、シャルの頬《ほお》にも光の筋がかかった。その明るさに身じろぎした彼は目を開き、ぼんやりと立ちつくしているアンに気がついたらしい。アンを脅《おど》かすまいとするかのように、ゆっくりと近づいてきた。

「完成したのか？」

隣《となり》に立ったシャルを見あげ、アンは頷《うなず》く。

「うん」

「……神々しいな」

眩《まぶ》しそうに目を細め、シャルが言った。

その砂糖菓子には、朝日が当たっていた。

砂糖菓子は、女性が両腕で抱《かか》えられる程度の大きさしかない。

薄い青と薄いピンクを混ぜ合わせた、透けるほどに薄い、細い虹《にじ》のような輪は、人の顔よりも少し大きいサイズだ。それが幾重《いくえ》にも重ねられている。その重なる輪は、光を透かしながら、きらきらと回転しているように見えた。

その輪の中心に、銀色の髪《かみ》と背に二枚の羽がある、妖精王の姿がある。彼の頭に王冠《おうかん》はない。身につけている衣装《いしょう》も、大きめの白いシャツとズボン。装飾《そうしょく》は、ゆるく肩《かた》に巻く、絹の光沢《こうたく》がある淡《あわ》い青のストールのみ。

けれど彼が妖精王だと分かるのは、半ば目を閉じた、威厳《いげん》に満ちたその表情からだ。ふわりと軽《かろ》やかに飛んでいるように、片足を曲げ、両手は、回る輪に添《そ》えられている。その添えられている手と、流れるストール、片足の先が輪に触れて、妖精王の姿を固定している。

だから妖精王は、輪の中心に浮《う》かんでいるように見えた。

回転しているように見える輪には、たくさんのものが添えられていた。

ページがめくれた、開きっぱなしの本。端《はし》のよれた地図。剣《けん》。指輪。宝石の粒《つぶ》。花。小さな蝶《ちょう》。それらが全《すべ》て、動きを持って作られ、輪のあちこちに配置されているからこそ、その輪は、様々なものを巻きこんで動き、風が起こっているように見えるのだ。

妖精王はその中心にいる。

きっと彼は、自分の周囲を巡《めぐ》るものを知り、そして愛して見つめている。

朝日が輪を透過《とうか》すると、その輪を通した光を受けた銀色の羽と髪は、銀の中に虹を混ぜたような神々しく、魅惑《みわく》的な色に輝く。なのに目を伏《ふ》せる穏やかな顔には幼さもあって、愛らしい。

「いい砂糖菓子《がし》だ」

シャルが言った。その言葉が、胸に染《し》みるように嬉しい。

「本当？　エリルは、喜んでくれるかな？」

「きっとな。礼をくれるはずだ」

見つめ合うと、互《たが》いに笑《え》みがこぼれた。シャルが手を伸《の》ばし、そっとアンの腰《こし》を抱《だ》き寄せようとした、その時だった。

「ちょっと待ったぁぁ！」

突然《とつぜん》、大音声《だいおんじょう》と共に寝室の扉《とびら》が開くと、ミスリル・リッド・ポッドが飛び出してきた。

アンとシャルは仰天《ぎょうてん》して、ぱっと互いに身を離《はな》した。

ミスリルは寝起《ねお》きのぐちゃぐちゃの髪の毛を逆立て、目をぎらぎらさせ、一気に作業台まで跳《は》ねてくると、びしっとシャルに指を突《つ》きつける。

「やいやい、シャル・フェン・シャル！　なにやってるんだ!?　今日はそんなことやっている場合なのか⁉　今日じゃないなら、俺様だって続きをじっくり見学したいんだけど、今日はそんなことやってる時間はないはずだ！　外を見ろ！　朝日が昇《のぼ》るのと同時に、あいつが来るって！」

「ああ、そうだったな」

すこし残念そうに、けれど納得《なっとく》したようにシャルが頷く。

「え、なに？　誰《だれ》か、来るの？」

きょとんとしたアンに、ミスリルがむふっと笑って見せたときだった。

「入るぜ！」

乱暴な挨拶《あいさつ》と共に、突然、出入り口の扉が開いた。ふり返ると、朝日を背負ってそこに仁王《におう》立《だ》ちしているのは、見覚えのある細身の青年だ。肩には、小さな緑色の髪の妖精《ようせい》を乗せている。

「キャット？」

早朝、なぜ彼が突然訪ねてきたのか見当もつかず、アンは目を丸くした。

「いったい、なにしに……？」

「はぁ？　なに寝《ね》ぼけてんだ、てめぇ」

訝《いぶか》しげな表情で、つかつかと入ってきたキャットは、すぐに作業台の上にある砂糖菓子に気がついたらしい。「おっ」と声をあげ、顎《あご》に長い指をあて、ふむと、見つめる。

「おはよ～。アン、シャル、スルスル～。僕ねぇ、昨日からはりきって準備したよぉ」

と、砂糖菓子に集中する主人に代わって、ベンジャミンが口を開く。

「ベンジャミン、おはよう。あの、ねぇ。なにをはりきったの？」

「なにって、お料理ぃ」

ますます分からない。しかしキャットはアンの疑問符《ぎもんふ》などお構いなしに、

「これは、いい。悪くねぇ」

と砂糖菓子の感想を述べる。アンはキャットの評価で、ぱっと笑顔になった。

「本当ですか!?」

「ああ、てめぇらしい。てめぇがこの形に、恋《こい》してるのが分かる」

安堵感《あんどかん》が胸に広がる。自分が満足出来るものを作れた。それをキャットのような銀砂糖師に、悪くないと言ってもらえたことが嬉《うれ》しい。最初のお客様に渡《わた》すのに相応《ふさわ》しい、素敵《すてき》な砂糖菓子を作れた。

「嬉しいです、キャット。あの、でも。なんでキャットはいきなり……」

「それなりに役に立ってもらうためだ。なぁ、キャットさん」

と、シャルが意地悪そうな横目で、微笑《びしょう》する。

「てめぇ、さんづけするんじゃねぇ！　しかもなんだ!?　それがお願いする奴《やつ》の態度か!?」

「お願い？」

ますますわけがわからなくなりかけたが、今度は開きっぱなしの出入り口から、呆《あき》れたよう

な声がした。

「なんで扉を開けっぱなしなの？　お行儀《ぎょうぎ》が悪い」

見ると、戸口にいるのは美しい金髪《きんぱつ》で紫色《むらさきいろ》のドレスを身につけたブリジット・ペイジだ。その傍《かたわ》らにいるのは、大きな箱を抱えた、黒髪《くろかみ》に眼帯の青年。砂糖菓子職人であり、ブリジットの婚約者《こんやくしゃ》であるオーランドだ。

あまりに意外な二人の登場に、アンはぽかんと口を開く。

「ブリジットさん、オーランドも」

「久しぶりだな」

いつものぶっきらぼうな調子で、オーランドが素っ気ない挨拶をする。

「アン。お久しぶり。色々話したいことは山ほどあるけれど、準備しなくちゃね」

ブリジットはにっこりと笑った後、室内に入ってくると、その場を取り仕切るようにぐるりと全員を見回した。

「皆《みな》さん、おはようございます。シャルもミスリル・リッド・ポッドも、おはよう。ヒングリーさんも、その小さなお友だちも、おはようございます。とりあえず、皆さんが準備をしてくださるのでしょう？　わたしは、アンの準備を仰《おお》せつかっているから、早速《さっそく》、取りかかります」

宣言するとアンに向き直り、脅《おど》しつけるように言う。

「さあ、アン。すぐに、あなたの寝室《しんしつ》に案内して」

「え、え？　それって、なんでですか？　まさか変なこと……」

「なに言ってるの、お馬鹿《ばか》さん！　準備に決まっているでしょう！　さあ、寝室はどこ!?」

「あ、あそこです！」

なにが決まっているのか、なんの準備なのか、分からないままにブリジットの迫力《はくりょく》に押され、寝室の扉を指さした。ブリジットはアンの手を引っ張って、ずんずんと寝室に入った。そしてオーランドが運んできた箱を受け取ると、それをベッドの上に放《ほう》り、扉を閉める。

――よくわからないけど、なにか始まってる!?

アンは寝室の奥の壁際《かべぎわ》で小さくなって、ただ冷や汗《あせ》をかいていた。

キャットが突然やって来たのには驚《おどろ》いた。だがキャットならば、自分の思いつきや勘違《かんちが》いで、突然押しかけることもありそうだ。

しかしブリジットとオーランドとなると、話は別だ。絶対、これはなにかがある。なにかが起ころうとしている。

ブリジットは腰に手を当て、ざっと部屋を見回して呆れたように言う。

「まあ、女の子の部屋なのに、あるのは洗面用の桶《おけ》と、鏡が一つだけ？」

「あ、あの。ブリジットさん？　いったい、どうしたんですか？　なにかあるんですか？」

「なにって、あなた。もしかして、知らないの!?」

こくこくこくと、首振《ふ》り人形みたいに素早《すばや》く頷《うなず》く。するとブリジットの方が今度は、ぽかんとした。

「なんてこと。じゃ、これはあなたへのサプライズなの？　そんなこと手紙には一言も書いてなかったから、てっきりあなたも知ってるものとばかり思ってたわ」

ブリジットはベッドの上に放った箱に近づくと、蓋《ふた》を開けた。中からは、真っ白でふわふわした布の固まりが飛び出した。ブリジットがそれを両手で持ち上げ、ひらりと振って、アンに突きつけるように掲《かか》げて見せた。

それは純白の花嫁衣装《はなよめいしょう》だ。鎖骨《さこつ》と肩《かた》の先を越《こ》えるほどに大きく開いた襟《えり》。細く絞《しぼ》られた腰と、それと対照的に、レースを重ねておおきくふわりと広げられたドレスの裾《すそ》。小さなビーズが胸《むな》元《もと》と袖《そで》にあしらわれ、窓から入る光にきらきらしていた。生地《きじ》は絹だろう。なめらかな光沢《こうたく》だ。

「あ、それ。花嫁衣装！」

アンは手を打った。確かシャルは、ブリジットの花嫁衣装を見るのにつきあってルイストンへ行ったといっていたから、きっとこれのことだ。

「素敵！　ブリジットさんに似合いそう。あれ？　でも、オーランドとの結婚《けっこん》式は、来年の春って？」

「……は？」

「本当に、お馬鹿さん。あなたの結婚式よ」

「これ、ご覧なさい」

ブリジットは花嫁衣装をベッドに横たえると、ドレスのポケットから、一通の手紙を取り出した。

開けてみると、カードが入っていた。そこには、『シャル・フェン・シャルとアン・ハルフォードの結婚式　招待状』と書かれていた。結婚式の日付は、今日だ。

──……え。

何度も、目で文字を追った。信じられない。

「その招待状には、手紙が添《そ》えられててね。あなたの花嫁衣装を選ぶのと、当日の着付けを手伝って欲しいとあったの。手伝っても良ければ、指定された日時にルイストンへ来いって。だから指定された日に指定の場所に行ったら、シャルがいた。だから彼に、この衣装を選んでもらったの。これを着て欲しいそうよ、あなたに」

「シャルは、知ってたの?」

顔をあげると、ブリジットは頷く。

「知ってたというよりも、彼が準備したのじゃない?　あら?　違《ちが》うのかしら」

「でも、そんな様子は、すこしも……」

シャルは帰ってきてからずっと、この家から離《はな》れなかった。手紙を書いている様子などなかったし、とてもそんな準備をしていたようには思えない。

やっとこの家から離れたのが、数日前に、ルイストンへ行くと言って、出ていったのが最初だ。あんな様子で、とてもこんな手の込んだことが出来るとも思えない。

「でも彼、ちゃんと指定の日に、指定の場所に、来てたわよ」

「じゃ、本当に？」

「そうよ。結婚式よ、あなた。あなたシャルと結婚するのよ。あら、嫌《いや》なの？」

からかうように言われ、アンはふるふるっと首を振った。

シャルがどんな方法でこうやって準備をしたのか、不思議でならない。けれどシャルが花嫁衣装を選んだのは事実で、彼はそのためにルイストンへ行った。

——結婚。

実は、考えたこともなかった。

シャルとミスリルと三人で、いつまでもこの家で暮らしたかった。砂糖菓子《がし》を作り続けたかった。シャルとはずっと恋人《こいびと》でいたかった。

けれどそう思うだけでそれを何かの形にしようなどとは、微塵《みじん》も思い浮《う》かばなかった。そんなアンの望みが、砂糖菓子と同様に、形に出来るものなのだと、考えたこともなかった。

しかし、形にできるのかもしれない。

それをシャルが、考えてくれたのだ。

喜びというには、あまりにも大きなものが体の中にあふれてきて、震《ふる》えそうだ。涙《なみだ》で視界が滲《にじ》んだ。嬉しくて嬉しくて、息苦しいほどだ。

思わず顔を伏《ふ》せた。ぽろぽろと、喜びの涙が足元に落ちた。こんなに嬉しいのに泣くのはおかしいと思うのだが、シャルの思いや、その思いを受け取ったブリジットたちがこうやって来てくれたことを思うと、涙が出た。

ブリジットが近寄ってきて、優《やさ》しくあやすように、そっと肩を抱《だ》く。

「さあ、着替《きが》えて。花嫁さん。綺麗《きれい》にしてあげる」

ブリジットに手を取られて、導かれる。

支度《したく》を終えると、ブリジットは完璧《かんぺき》だと太鼓判《たいこばん》を押してくれた。

花嫁衣装というのは、今まで身につけたことがないほどの大げさなドレスだった。

首と肩が大きく開き、鎖骨まで見えている。子供っぽい自分には不釣《ふつ》り合いな気もしたが、その大きく開いた襟元《えりもと》に、ビーズで可愛《かわい》らしい花模様が縫《ぬ》い込まれているのは、愛らしくて気に入った。頭につけるヴェールは、ふんわりと柔《やわ》らかくて、触《さわ》り心地《ごこち》がいい。耳飾《みみかざ》りと首飾《くびかざ》りは、多彩《たさい》な小さなビーズの花を、いくつも連ねたデザインだ。

お化粧《けしょう》も、してもらった。鏡を覗《のぞ》いてみたが、照れくさいほどに、女らしい自分がいた。

そして完璧な花嫁に仕上がると、準備が整うまで大人しくしていろと命じられ、一人寝室に残された。

しかし家の外、砂糖林檎《りんご》の林の方が、徐々《じょじょ》に賑《にぎ》やかになってくる。わいわいと人の声がするし、あれこれと準備をしているような物音までする。

そわそわして、待ってるどころではない。

生来の貧乏性《びんぼうしょう》のせいで、手伝わないでいることが落ちつかない。

暫《しばら》くするとアンは、ちょっとだけ覗くのならばいいだろうと寝室《しんしつ》を出た。

見回すと、家の中には誰《だれ》もいない。花嫁衣装の裾を持ち上げ、そろりそろりと、忍《しの》び足で出入り口に向かっていると、

「覗いちゃ駄目《だめ》なんじゃない？　花嫁さん」

いきなり背後から声がかかったので、ひゃっと悲鳴をあげて飛びあがり、ふり返った。

部屋の中央に、エリルが微笑《ほほえ》みながら立っていた。

「エリル！」

どきどきする胸を押さえながら、アンは微笑んだ。

「びっくりした。いつも、突然《とつぜん》よね。今日も砂糖林檎の気脈で送ってもらったの？」

「うん、そう。約束だから来たよ。花嫁衣装、綺麗だね。それに、この砂糖菓子もとても綺麗。これ僕の砂糖菓子？」

「そう、それ」

動きづらい花嫁衣装を引きずって、アンはエリルの方へ近寄った。

不意打ちの結婚式ですっかり頭から飛んでいたが、今日は、エリルが砂糖菓子を取りに来る予定だったのだ。そのためにアンは三日間、必死になって銀砂糖を練ったのだ。

「どうかな？　これ、好き？」

問うと、エリルは頷く。

「好きだよ。ちょっと、怖《こわ》いくらい」

「え？」

目を瞬《またた》くと、エリルが銀の瞳《ひとみ》でアンを見つめる。

「この砂糖菓子の僕は、とても、素敵《すてき》な王様に思える。こんなに素敵な王様に、僕はなれる？」

砂糖菓子の中心にいる妖精王《ようせいおう》は、ふわりと気負いなく、運命の輪の中心にいる。妖精王は運命の輪を回し、周囲のあらゆるものを知り、愛している。太陽に照らされると、運命の輪と思われる大きな輪が、光を透過《とうか》する。神々《こうごう》しい明るい輝《かがや》きが、運命の輪を通し、妖精王の揺《ゆ》れる髪《かみ》の先や、精緻《せいち》に作られた睫《まつげ》に光る。

不安げにアンを見つめるエリルの瞳は、すこし怯《おび》えがある。まだ、幼い。

けれどアンは、自信をもって微笑む。

「未来なんて、誰にも分からない。でもわたしは、エリルならきっと、こんなふうになれると思ったの。だからこの形を捕《つか》まえて、砂糖菓子にした。これは、エリルのものよ。きっと、きっと、素敵な妖精王になれるから。砂糖菓子の幸運が、あなたに訪《おとず》れるから。そうすればきっと、素敵な王様になれる」

すこしエリルは迷うように視線を泳がせた。

「未来は分からないって、今、言ったよね。だったら僕がこの砂糖菓子を受け取ったら、なにかが変わる？」

「砂糖菓子の幸運が訪れれば、きっと変わる。それは目に見えないかも知れないけれど、確かに変化して、素敵な未来が……」

そこまで自分で口にして、アンははっとした。

──砂糖菓子の幸福は、誰の目にも見えない。けれど確かにあって、それが未来を変える。

両の拳《こぶし》を軽く握《にぎ》ると、見えない何かを、今、自分が摑《つか》んだような気がした。

──変化した素敵な未来だって、「これ」って形で、目には見えない。

シャルはアンに、生きた証《あかし》を残せと言った。アンもそれに応《こた》えたかった。

けれどヒューや、砂糖菓子の派閥《はばつ》を立ちあげた先人たちのように、名前が残るだけが生きた証ではない。誰だって、生きた証は残せる。例えばほんのわずかな人生しか生きられなかった人間にだって、他人から見れば取るに足りない人生と思われる人にだって、きっと生きた証がある。

それは名前が残るような、偉大《いだい》な人の生きた証のように、目に見えるものではない。

けれどその人が生きたことによって、未来が変わることが、その人の生きた証だ。

たった一言の言葉でもいいし、たった一つの砂糖菓子でもいい。その人が、その場所に生きて、愛されたという事実でもいい。それによって誰かの心が変わり、あるいは現状が変われば、きっと未来が変わっていく。それが素晴《すば》らしい未来であれば、きっとその素晴らしい未来そのものが、生きた証だ。

誰の言葉で変わった未来か、誰の砂糖菓子で変わった未来か、誰の存在で変わった未来か、名前なんかは残らない。けれど、それでいい。それが当然だ。

――名前を残すことにこだわったら、それは生きた証ではなくて、きっと顕示欲《けんじよく》なんだ。

変わった未来こそが、誰かの生きた証に出来る。

けれどそのためには、自分が何かをしなくてはならない。なにもしなければ、未来は変わらない。一人で暗い部屋に引きこもって、なにもせず、考えず、石のように生きていたら、きっと少しの未来も変えられない。

アンは、生きた証を残したい。

だったら、出来ることを精一杯《せいいっぱい》やればいい。自分の作る砂糖菓子の一つで、未来が少しでも変われば、胸を張って、自分は生きた証を残せたと言える。

「未来なんて、分からない。けれどわたしは、素敵な未来に成って欲しいと願うから、作ったの。あなたに素敵な王様になって欲しいから。だから作った。わたしは願うだけ。でもあなたは、きっと素敵に変わっていくと思う。願ってる」

仕事の一つ一つが、アンの生きた証になる。だからアンは、きっと精一杯これからも、誰かのために砂糖菓子《がし》を作るのだ。

最初の一歩は、エリルにだ。心から、エリルには素敵な王様になって欲しいと願っている。

「アン」

アンの思いを探《さぐ》るように、エリルはじっと視線を合わせていた。そして暫くすると、彼は決意したように頷《うなず》く。

「うん。あなたのこの砂糖菓子が、欲しい。この砂糖菓子に込められた思いを受け取って、この砂糖菓子が招く幸福を信じて、僕がいい王様になれるように」

言うと、エリルはすっと背筋を伸《の》ばした。

「受け取るよ、アン」

「受け取ってくれて、ありがとう。エリル」

微笑むと、エリルも微笑み返した。そしてついと、扉《とびら》の外を指さす。

「砂糖菓子を受け取ったから、代価を支払《しはら》うよ。アン。あれが僕の支払う、砂糖菓子の代価」

扉の外へ視線を向けたが、なにもない。アンは首を傾《かし》げ、エリルを見やる。

「代価って、なに？」

「あなたの結婚《けっこん》式だよ」

「……え？」

エリルは、ちょっと悪戯《いたずら》っぽい目をした。

「シャルが筆頭の所に来たときに、心配していたんだ。あなたに一年間、寂《さび》しい思いをさせた償《つぐな》いを、どうやってするべきかって。そしたら筆頭が、永遠を誓《ちか》えと提案して、そのための儀《ぎ》式《しき》が人間にはあると教えてくれた。だから彼はあの時、結婚式をしたいと僕たちに言った。僕は、協力するって申し出た。シャルは、結婚式のやり方を知らないって困ってたから。僕だって知らなかったけれど、勉強するから任せてって言った。そのかわり、あなたに砂糖菓子を作ってもらうって」

「え、じゃあ。砂糖菓子を頼《たの》みに来てくれたのは、偶然《ぐうぜん》とか、もしくは、わたしの書いた貼《は》り紙を見たとかではなく？」

「気がついたら、そろそろ結婚式と決めた日が近づいてたから。あわてて、注文に来ちゃったの」

肩《かた》をすくめ、エリルは笑う。

「だって大変だったんだ。結婚式ってなにをどうするのかとか、あなたのお友だちのこととか、調べるの。楽しかったけれど、時間がとてもかかった。みんなに招待状を出して、招いて、準備を整えてもらうようにお願いしたしね。ブリジットって人には、花嫁衣装《はなよめいしょう》。ベンジャミンにはお料理とか、色々ね」

それではじめて、納得《なっとく》がいった。ここに帰ってきて一度も家を離《はな》れなかったシャルが、なぜ結婚式の招待状などを出せたのか。段取りが出来たのか。全部、エリルがやったのだ。

「そうだったんだ」

そんな前から準備されていたことが、驚《おどろ》きだった。

この計画は、筆頭の助言ではじまり、シャルが決断し、エリルが実行したのだ。

「嬉《うれ》しい。エリル。砂糖菓子の代価としては、申し分ない。ありがとう。それにわたしの最初のお客様になってくれた。ありがとう」

素直《すなお》な気持ちを言葉にすると、エリルはすこし頰《ほお》を赤らめた。

「あ、そうだ」

エリルは何かを思い出したらしく、ポケットから花の香《かお》りがする封書《ふうしょ》を取り出した。

「これ、人間王とマルグリット王妃《おうひ》様から、お祝いの言葉。すこしマルグリット王妃様に怒《おこ》られた。僕は、あのお二方にも招待状を出したんだけど、侍従《じじゅう》が怪《あや》しんで捨てちゃってたんだ。偶然、王妃様が見つけて拾い上げて。僕が本を借りに顔を出したら、『一国の王や王妃に、誰《だれ》とも分からない者から届いた招待状など、無事に届くと思うのは勉強不足。直接会うのだから、直接渡《わた》せば良かったんだ』って怒られた。それでね、仮にも国王と王妃が、銀砂糖師の結婚式には出られないから、祝いのお言葉だって」

差し出された、すべすべした封筒《ふうとう》を開くと、蔓薔薇《つるばら》の金の縁取《ふちど》りのあるカードが二枚出てきた。一枚には、

『妖精王と銀砂糖師の婚姻《こんいん》を祝福する。
追伸《ついしん》　銀砂糖師のおかげで、余は愛を乞《こ》うすべを学んだ。愛を乞うことが出来た。感謝する。
ハイランド国王　エドモンド二世』

と、ある。

もう一枚には、

『ご結婚、心から祝福いたします。お二人とも、お幸せに。

ハイランド国王妃　マルグリット』

畏《おそ》れおおい、国王陛下と王妃の祝いの言葉を見おろし、アンはちょっと心配になった。

「マルグリット王妃様は、まだ繭《まゆ》の塔《とう》に座っていらっしゃるのかしら？」

するとエリルが、首を振《ふ》る。

「たまに行ってるみたい。けれど人間王が以前に比べて、王妃様と近い場所にいるような気がする。繭の塔に王妃様が座って、窓の外を眺《なが》めているのを見たことがあるけれど。その時、人間王も一緒《いっしょ》にいたよ。二人でなにか話しながら、窓の外を見て笑ってた」

最後の銀砂糖妖精《ようせい》だったルル・リーフ・リーンは、マルグリットの友だちだった。彼女が住んでいた場所に、マルグリットは一人座り続け、帰らない友だちを待っているのならば、それはとても辛《つら》いだろうと思っていた。

——けれど、そうね。国王陛下がいてくれるから。

二人があの場所に座って微笑《ほほえ》んでいたのならば、きっと大丈夫《だいじょうぶ》なのだろう。

――でも愛を乞うって、なに？

アンは首を傾げる。自分は、国王陛下になにかしただろうか。

その時。

「おーい！　アン、アン！」

ミスリルの元気な声が、砂糖林檎《りんご》の林の方から聞こえた。徐々《じょじょ》に近づいてくる。するとエリルがアンの手にあるカードを取りあげ作業台の上に置くと、軽く、アンの背を押した。

「呼ばれているよ、行って。アン」

「エリルも、一緒に行こう。結婚式に、一緒に出て」

「ううん」

エリルは真剣《しんけん》な顔で、答えた。

「僕は妖精王だ。妖精王が不用意に、人間や妖精たちの前に姿を現しちゃ、混乱するもの。僕は筆頭の所に帰って、筆頭と一緒に、あなたの幸福を見守る」

「でも、それは寂しい」

「ごめんね。あなたが寂しい？　でも、我慢《がまん》して。僕は人間王と約束したから。行って、アン。祝福をあげる」

エリルはアンの額に口づけすると、もう一度行けというように肩を押す。

仕方なくアンは戸口に向かったが、扉の前でふり返る。するとエリルが、軽く手を振る。その表情がとても穏《おだ》やかで、アンははっとした。自分が形にした砂糖菓子の妖精王の顔と、似ている気がした。

エリルの姿が光に包まれた。彼は作業台の上にある砂糖菓子にそっと触《ふ》れた。すると砂糖菓子も光に巻きこまれた。エリルと砂糖菓子が、光が弾《はじ》けるような輝《かがや》きと共に、消えた。

「アン！」

扉が開くと、ミスリルが飛びこんできた。

「おおおっ！　なんだ、なんだ。アン。花嫁に見えるぞ！」

扉を開くなりアンの肩に飛び乗ったミスリルは、興奮気味に声をあげた。だがアンが、ぼうっとして作業台を見ているのに気がついて、首を傾げる。

「どうした？　なにか……あっ！　砂糖菓子がないじゃないか!?　盗《ぬす》まれたのか!?」

「ううん。今、エリルが来たの。砂糖菓子を受け取ってくれた。でも、帰っちゃった」

「ああ、あいつは、妖精王だからな」

ミスリルが、納得したように頷く。

「そうそう気軽に、顔を出せないだろうな。それが王様ってもんだけど、あいつはそれを選んだんだものな。王様廃業《はいぎょう》した俺様が言うのもなんだけど、あいつは偉《えら》いよ。うん、偉い」

「そうね。きっと、素敵《すてき》な妖精王になれる」

「そうだ。アンの砂糖菓子《がし》もあるしな！　て、こんなこと言ってる場合じゃないぞ、アン。準備が整って、みんな待ってるんだ！」

「あ、うん。行く」

慌《あわ》てて、アンは歩き出した。

歩き出しながら、ふと不思議に思って問う。

「ねぇ、ミスリル・リッド・ポッド。あなたいつから、この計画知ってたの？」

「シャルの奴《やつ》が帰ってきたその日に、聞いた。俺様はりきって、俺様が祝いの砂糖菓子を作ってやると言ったのに。シャル・フェン・シャルの奴、エリルが準備をするから、おまえはとりあえず、何もするなと言いやがって」

「あ、ははは。砂糖菓子」

以前、ミスリルが製作した砂糖菓子を思い出し、シャルがエリルに協力を頼んだのは正解だと思った。

「祝いの砂糖菓子は、エリルの奴、どうやらヒューに手紙でお願いしたらしいぞ」

「え！　それ無理よね!?　ヒューは銀砂糖子爵《ししやく》だから」

エリルは準備をいろいろとがんばったが、ときどき失敗してるらしい。銀砂糖子爵は、国王のため以外の砂糖菓子を作れないのを、エリルは知らなかったのだろう。

砂糖林檎の林に近づくと、大勢の話し声がした。前方に目を向けると、砂糖林檎の幹の向こうに、テーブルクロスを掛《か》けた机が並べられているのが見えた。そして、沢山《たくさん》の人の後ろ姿もある。背に、片羽がある人もいる。妖精たちもいるようだ。

アンの足は、自然と速くなる。

「だよな〜。これだから、俺様に任せれば良かったのに」

「じゃあ、祝いの砂糖菓子は、なし？」

どんどんアンの歩む速度は速くなり、あっという間に人の群れに近づく。

「ヒューが、キャットの奴に作らせたらしいぞ」

「キャットが⁉ 作ってくれたの⁉」

キャットは、作りたい奴にしか砂糖菓子を作らないと豪語《ごうご》する人だ。そんな彼が、アンとシャルの結婚《けっこん》式のために砂糖菓子を作ってくれた。キャットが、砂糖菓子を作ってやってもいいと思ってくれたことが、なにより嬉《うれ》しい贈《おく》り物のような気がする。

「おう。ちゃんと、砂糖菓子はある。料理もベンジャミンが準備して、花嫁衣装《はなよめいしょう》はブリジット」

そこまで聞いた時、人の群れの背後に出た。

砂糖林檎の林の中に集まった人々は、アンが、息を切らしながら駆《か》けつけたのに気がついたようで、一斉《いっせい》にふり返った。そしてわっと、アンに向かって押し寄せてきた。

押し寄せたのは、見慣れた顔や懐《なつ》かしい顔だ。

「え、ええ。えっと」

アンは驚《おどろ》いて、その場に硬直《こうちょく》した。

「わぁ、アン！　花嫁になってる！」

元気のいい声が聞こえた。その方向に目を向けると、

「ナディール！」

ペイジ工房《こうぼう》の砂糖菓子職人、ナディールだった。彼は興奮した様子でこちらに駆けてこようとしたが、その襟首《えりくび》を眼鏡《めがね》の青年にひっ捕《つか》まえられる。

「こら、ナディール！　花嫁衣装が汚《よご》れます！」

叱《しか》ったのは同じくペイジ工房の砂糖菓子職人ヴァレンタイン。その背後で、ぽうっとしたような顔をして、

「花嫁かぁ」

と呟《つぶや》いたのは、厳《いか》つい顔。ペイジ工房派本工房の職人頭《がしら》、キングだ。キングの横で、紫色《むらさきいろ》の髪《かみ》をした少年妖精が、嬉しそうにぴょこぴょこ跳《は》ねて、手を振っている。ノアだった。

「ヴァレンタイン、キング、ノアまで」

遠いミルズフィールドから、みんなが駆けつけてくれたことに、胸がじんとした。

ブリジットとオーランドは、二人並んでアンを眺め、満足そうな表情だ。

「まあ、それなりだな」

と言うオーランドを軽く肘《ひじ》で突《つ》き、ブリジットは満面の笑《え》みだ。

「いいねぇ、花嫁！　俺、このままアンを、もらって帰ろうかな」

そんなことを言ってニヤニヤしたのは、ペイジ工房派の長《おさ》代理エリオット・ペイジだった。

「コリンズさん！　う、でも。それは……困る」

思わず呟くが、

「いてっ！」

遠くの方から投げられた砂糖林檎の実が、ぽかんとエリオットの頭に当たった。実の飛んできた方を見ると、砂糖林檎の木の幹に隠《かく》れるようにして、ペイジ工房の妖精《ようせい》、ダナの赤毛が見える。その隣《となり》に寄り添《そ》っているのは、ハルだ。

「駄目《だめ》です、エリオットさん」

と、砂糖林檎の実を手にしたハルが、にこやかに注意する。すると赤毛がゆらゆらと揺《ゆ》れ、

「素敵です。素敵」と、蚊《か》の鳴くようなダナの声もした。

「ダナ、ハルも。来てくれたの」

声をかけると、ハルは笑みを深くするが、ダナの赤毛は恥《は》ずかしそうに、さらに幹の陰《かげ》に引っ込む。

そうしていると、

「まあ、そこそこだね」

「綺麗《きれい》よ。アン」

と、アンの目の前に来て、気怠《けだる》げに感想を言い放ったのは、ラドクリフ工房の職人ステラ・ノックスだった。その隣にはジョナスと、彼の肩《かた》に乗ったキャシーもいる。ジョナスは複雑な表情でアンを見ていて、キャシーはつんとそっぽをむいている。

「ありがとうございます。ノックスさん。ジョナスとキャシーも、来てくれたんだ」

「うん、まあ」

と、ジョナスは答えて、キャシーはちらりと、一瞬《いっしゅん》だけ視線をよこす。二人の相変わらずの態度に、笑ってしまう。

「衣装が素晴《すば》らしい」

と、アンに近寄ってじっと観察した後に、身も蓋《ふた》もない褒《ほ》め言葉を口にしたのは、マーキュリー工房派の長代理、ジョン・キレーンだ。

「キレーンさんも。ウェストルから。ありがとうございます」

キースとミリアムも、人垣《ひとがき》の奥にいた。キースはミリアムを抱《かか》え上げ、アンの姿がよく見えるようにしてやっていた。ミリアムは瞳《ひとみ》を輝《かがや》かせ、「可愛《かわい》い、可愛い」とはしゃいでいる。

アンは二人に、軽く手を振《ふ》った。

ホリーリーフ城の妖精たちも、たくさんいた。その中で、藍色《あいいろ》の髪の妖精アレルも笑っていた。彼は今、マーキュリー工房で見習いをしている。

「あ……あの。えっと、それで。どうすれば……」

わらわらと、沢山の人に取り囲まれ、アンはおっかなびっくりで、どうしたものかと戸惑《とまど》って立ち止まった。すると、

「てめぇら、道開けろ！」

乱暴な命令が、人垣の向こうから聞こえた。キャットだ。

「花嫁が通れねえぞ！」

そうすると皆《みんな》、あっと気がついたように、道を空けてくれた。

人垣が割れて通路が開き、一本の砂糖林檎《りんご》の木へと続く、道が出来る。

その砂糖林檎の木は、他《ほか》の砂糖林檎の木と違《ちが》っていた。虹色《にじいろ》の艶《つや》を纏《まと》って、きらきらと輝いていた。

収穫《しゅうかく》をほとんど終えた今の時季、枝に残っている林檎は、ほとんどない。

しかしその砂糖林檎の木には真っ赤な実がたわわに実り、つやつやと輝いていた。幹は銀灰《ぎんかい》色なのに、光を纏っているかのように輝いている。よくよく見ると、幹には、虹色の艶のような色が織り込まれている。細い枝は、風が吹《ふ》いても揺れない。枝も先端《せんたん》に行くにつれ、幻《まぼろし》のような、銀を基調とした虹の色のグラデーションになる。

その砂糖林檎の木の枝先の一つには、二匹《ひき》の蝶《ちょう》が寄り添っている。黒い蝶と、白い蝶。どちらも羽から、明るい光が透《す》けている。

――砂糖菓子だ！

その砂糖林檎の木は、砂糖菓子だ。

砂糖菓子の砂糖林檎の木の脇《わき》には、ヒューとキャットがいた。ヒューは銀砂糖子爵の正装で、キャットも、正装らしき丈《たけ》の長い上着を身につけている。上品で、貴族の青年のようだ。

そして砂糖林檎の木の前に、シャルがいた。

黒い衣装を身につけているが、いつも身につけているものではない。袖《そで》や襟《えり》に黒のビーズが縫《ぬ》い付けられた、落ち着いているのに華麗《かれい》な衣装。光が慕《した》い寄るかのように、彼の睫《まつげ》も髪の先も、艶やかだ。

アンは引き寄せられるように、ふらふらと近づいた。

風がわずかに吹き、さらさらと砂糖林檎の木の葉擦《はず》れの音が聞こえる。

皆が急に、静かになった。

「アン」

シャルの目の前まで来ると、彼は、優《やさ》しく呼んだ。そしてアンの右手を取ると、その場に跪《ひざまず》く。驚いていると、彼は顔をあげ、アンを見あげる。

「大切なことを訊《き》く」

「……なに？」

「おまえは、俺の恋人《こいびと》だ。俺は、永久におまえを慈《いつく》しみ守ると誓《ちか》う。だから、今、俺の花嫁になるか？」

訊かれて、びっくりした。

そういえば結婚式だと言われて、呆然《ぼうぜん》としながらも嬉しくて、乗せられるままに来てしまったが、確かに、プロポーズはされた覚えがない。

するとしかつめらしく、ヒューが言った。

「銀砂糖師の結婚《けっこん》だ。立会人は、銀砂糖子爵《ししゃく》の俺だ。二人の婚姻《こんいん》は、俺と、ここに集まる全員が保証人となって認められ成立する。だが花嫁《はなよめ》が拒否《きょひ》すれば、この式はここで終わりだ」

しんと、静かになった。

するとシャルが、真っ直《す》ぐアンを見つめる。嘘《うそ》のない綺麗な黒い瞳で、言った。

「おまえを、一年間不安にさせた。だからもう二度と、離《はな》れない誓いをする。そのために、俺の花嫁になれ」

重ねて言われると、シャルの優しさが胸に染《し》みた。

意味もなく結婚式や結婚を考えるほど、シャルはロマンチストではないはずだ。けれど彼は、あえてこんな、大げさなことをやってくれた。その意味。

きっとシャルは、アンの不安な一年間を、痛いほどに分かってくれたから、こうやって結婚式を考えてくれたのだ。大切な人の不在の寂《さび》しさを知っているシャルだからこそのはず。

結婚したからといって、全《すべ》ての災厄《さいやく》が二人を避《さ》けて通るはずはない。けれどなにがあっても、心も体も魂《たましい》も共にいるとアンに知らせるために、こうしてくれたのだ。

「うん。花嫁に、……して」

こくりと頷《うなず》く。心から、シャルが愛《いと》しかった。

「俺の花嫁。綺麗だ」

シャルは、アンの右手の甲《こう》に口づけた。

その瞬間《しゅんかん》、シャルがはじめて、アンのことを名前で呼び、そうして、こうやって手の甲に口づけてくれた日のことを思い出した。

あれはアンにとって初めての、砂糖林檎品評会の日だった。

あれがとても、遠い昔のような気がする。

あの時、想像も出来なかった幸福が、今、ここにある。

幸福感で、めまいを起こしそうだった。周囲が明るい光に満ちて、目を開けていられない。手を取って立ちあがったシャルに、アンは目を閉じて抱《だ》きついた。

「シャル。好き」

わっと、周囲の連中が羨《うらや》ましげな声をあげたが、構わなかった。シャルが、アンの耳元で笑った。顎《あご》にシャルの指がかかり、顔を仰向《あおむ》けさせられ、口づけされた。

人々の声がさらに大きくはしゃいだ声になった瞬間、

「成立だ！」

高らかに、ヒューが宣言した。

拍手《はくしゅ》と口笛と、はやし立てる声が砂糖林檎の林の中に広がった。

アンの肩に乗ったままのミスリルは、照れ照れと頭をかきながら、口づけする二人に代わり、集まった人々に対して、どうもどうもと、なぜか自分が頭をさげていた。

唇《くちびる》を離すと、アンは囁《ささや》く。

「シャル。シャルとずっと一緒《いっしょ》にいる。それで、生きた証《あかし》を残すの」

「どうやって？　方法を見つけたのか？」

吐息《といき》が唇に触《ふ》れる近さで、囁き返された。

「仕事をするの。ずっと、わたしらしく。それで、わたしの仕事が、すこしでも、誰《だれ》かや何かの未来を変えたら、それはきっと、わたしの生きた証」

「おまえらしい」

ふっと笑って、シャルはさらに強くアンを抱きしめる。

「作れ、銀砂糖師。ずっとだ。見ていてやる」

そして今一度、二人は口づけた。

明るい日の光が降る砂糖林檎の林の中で、銀砂糖師と妖精《ようせい》は結ばれた。

それはある秋の日。賑《にぎ》やかで明るい人の声と、光と、甘い香《かお》りが、砂糖林檎の林の中には満ちていた。その光景は、まるでお伽噺《とぎばなし》の一場面を見るようだったと、その場にいた小さな女の子が、後に語り伝えたという。銀砂糖師と妖精の、恋《こい》の物語の結末だった。

ミスリル・リッド・ポッドの終わらない野望

「俺様は、とてつもなく心配している」

食卓《しょくたく》の上に座りこんだミスリル・リッド・ポッドは、眉間《みけん》に皺《しわ》を寄せ呟《つぶや》いた。

「なにが心配なの？」

夕食のために煮込《にこ》んだタマネギスープの鍋《なべ》を、竈《かまど》から食卓へ運びながら、アンが不思議そうな顔をする。ミスリルは拳《こぶし》を握《にぎ》り、かっと目を見開いた。

「結婚式からもう一週間経《た》つ。なのに俺様は、アンとシャル・フェン・シャルの奴《やつ》がいちゃついている姿を、一度も目撃《もくげき》していない！」

「えっ!?　わっ、あっ!!」

動揺《どうよう》したアンが、鍋を取り落としそうになった。しかし慌《あわ》てて体勢を立て直し、間一髪《かんいっぱつ》で鍋を食卓に下ろす。その頰《ほお》が真っ赤になっている。

「そそ、そんなもの、目撃しなくてもいいんじゃない？」

「いや、俺様はアンの恋を成就《じょうじゅ》させると決めたんだ。結婚したのは大成功だ。けどな!?　結婚したからって、愛は終わりじゃないぞ！」

アンとシャルは完璧《かんぺき》な形で結ばれた。しかし永久にこの家に居座るつもりのミスリルにとって今後問題なのは、結婚後のアンとシャルの仲だ。家庭崩壊《ほうかい》してこの家がなくなっては、ミスリルも困る。

さらに二人のいちゃつきぶりを眺《なが》めるというのも、日常の楽しみの一つにできるはず。ミスリルの趣味《しゅみ》は、恋愛《れんあい》ものの芝居《しばい》をみることだ。家庭内で、目の前で、本物の恋愛劇の一場面を眺められるというのは、なんとも素晴《すば》らしいではないか。

「俺様はアンとシャル・フェン・シャルの奴がいちゃついている姿を見ないことには、安心できない！　だからアン、とりあえず俺様の前でいちゃつけ！」

「えええっ!?」

アンが怯《ひる》んで数歩後ずさったときに、

「おまえは、なにを要求している」

ひんやりした声が、ミスリルの背後から聞こえた。ふり返ると、シャルだった。家の中に薪《まき》を運び入れる作業をしていたはずだが、もう終わったらしい。

「ちょうどいいところに来た、シャル・フェン・シャル。とりあえず、ここでいちゃつけ。今から夕飯だから、そうだな、お互《たが》いにスープを食べさせあえ。『シャル、あ～ん、して。美味《おい》しい？』『それじゃ、俺も』的なことをやって見せてくれ！」

「……簀《す》巻《ま》きにして、ハトの背中にくりつけて飛ばすぞ」

「これは俺様の精神の安定に必要なんだぞ。俺様は心配で夜も眠《ねむ》れないんだ」

「そうなの!?　そんなに深刻なの!?」

真に受けたアンが、焦《あせ》って食卓に置いてあったスプーンを握りしめる。

「とりあえず、見せてあげるべき!?　『あ～ん』を!?」

ミスリルは目を輝《かがや》かせた。

「おう、見せろ。見せてくれ！」

「見せないでいい！」

シャルがアンからスプーンを取りあげたので、ミスリルはわざとふらついて食卓に膝《ひざ》をつく。

「ああ……、俺様。睡眠《すいみん》不足でめまいが」

「ミスリル・リッド・ポッド!?」

またもや真に受けて飛び上がるアンの腰《こし》を、シャルが片腕《かたうで》で強引《ごういん》に引き寄せ、耳元で囁く。

「嘘《うそ》だ、馬鹿《ばか》。ちゃんと見ろ、こいつの顔色。つやつやだ」

「あ、あ、そっか。そうね。そう言われれば、確かに」

冷静になったらしいアンをちらりと見やって、ミスリルは舌打ちして起き上がった。

けれど結果的には、二人は寄り添《そ》っていた。

大切そうにアンの腰を抱くシャルの仕草も、自然とそれに身を任せるようなアンの反応も、まさにミスリルが見たかったものだ。思わず、彼らに気づかれないようにむふふと笑う。

——俺様は、やっぱり天才だ。

ミスリルの今のところの野望は、色の妖精になることだ。けれど、アンとシャルの睦《むつ》まじい姿を毎日堪能《たんのう》するために、アンの初恋《はつこい》が永遠に続くように手助けすることも、ずっと終わらないミスリルの野望だ。彼の野望は永遠に続く……かもしれない。

あとがき

皆様《みなさま》、こんにちは。三川みりです。

この本は、「シュガーアップル・フェアリーテイル」の外伝です。

本編のその後の物語となっており、短編四つと掌編《しょうへん》一つの構成で、時系列に並んでいます。

以前出して頂いた短編集にも書いたのですが、短編を書くのはとても好きです。今回も、わくわくしながら書かせてもらいました。

この外伝を書くにあたり、誰《だれ》のその後を書くべきか、担当様と相談しました。

アン、シャル、ミスリルは当然。その他に焦点《しょうてん》を当てられる登場人物は、二、三人程度だろうということで、キース、ヒュー、キャットを選ぶことになりました。

キースは、大失恋《しつれん》をしたのにいい人過ぎて気の毒、ということで選ばれました。

ヒューとキャットは、なんだか人気がある、ということで選ばれました。

今回の外伝は、登場人物たちにとってはご褒美《ほうび》かな、と思っています。

特にご褒美感が強いのは、アン、シャル、ヒューの三人でしょうか。

キースは、素敵《すてき》な未来がご褒美になるはず。

ミスリルは常に結構満足しているようなので、最後まで通常運転です。

キャットだけは、不思議とずっと貧乏《びんぼう》くじです。が、彼の場合は貧乏くじ感が悲壮《ひそう》感とリンクしないので、まあ良《い》いかと勝手に思ってます。

本編の完結刊を書き終わったときには、

「無事に終わらせられた！」

と、達成感と脱力感《だつりょくかん》ばかりでした。とにかくほっとしたというのが、正直なところでした。

けれど今回、外伝を書き終わると、

「これでもう二度と、アンやシャルたちの物語を書くこともないのだろうな」

と思い、感無量でした。本当に長いつきあいだったなと、しみじみ思います。

長らくつきあってくださった読者の皆様にも、アンたちは今回で、お別れしなくてはなりません。なので、こちらの外伝は登場人物たちにとってはご褒美ですが、同時に、皆様にも楽しんで頂ける外伝になっていたらいいな〜と、思っています。

この外伝を通して、アンたちの未来を感じてもらえれば嬉《うれ》しいです。

今回焦点を当てられなかった登場人物たちの未来も、今回のアンたちの姿を読むことで、なんとなく「彼らにも、こんな未来があるのかも」と想像してもらえる手助けになれば幸せです。

担当様。「銀砂糖師と黒の妖精《ようせい》」が刊行されたとき、実は、わたしの知らないところで深く関わってくださっていたことに縁《えん》を感じます。物語の最後を、こうやって作って頂けたことがとても嬉しいです。いつもほがらかに、楽しく接して頂き、感謝しています。たくさんご迷惑《めいわく》をおかけすると思いますが、今後も、よろしくお願いいたします。

イラストを描《か》いてくださった、あき様。いつも、ため息の出るような美しいイラストを描いて頂きました。デビュー前、「イラストは、あきさんです」と、当時の担当様からお知らせをもらったとき、とびあがって喜んだことを覚えています。アンたちをこれだけたくさん描いてもらえたことは、奇跡《きせき》です。心から感謝しています。本当に、本当に、ありがとうございました。

読者の皆様。長らくアンたちを見守って頂き、心から、ありがとうございました。

アンたちはこれからは、物語として皆様の目の前には現れません。

ですがハイランド王国が消えたわけでも、銀砂糖師たちの未来が消えたわけでもなく、どこかで銀砂糖師はせっせと砂糖菓子を作り続け、妖精たちはあれこれ騒《さわ》ぎ続けているんだと、そんなふうに思ってもらえれば幸せだし、楽しいなと思います。

わたし自身も、銀砂糖師たちの日々は今も続いていると感じながら、彼らに別れを告げます。

すべての方に幸《さち》多からんことを、銀砂糖師たちと共に願っています。

三川みり

「シュガーアップル・フェアリーテイル 銀砂糖師たちの未来図」の感想をお寄せください。
おたよりのあて先
〒102-8078 東京都千代田区富士見1-8-19
株式会社KADOKAWA 角川ビーンズ文庫編集部気付
「三川みり」先生・「あき」先生
また、編集部へのご意見ご希望は、同じ住所で「ビーンズ文庫編集部」
までお寄せください。

シュガーアップル・フェアリーテイル 銀砂糖師《ぎんざとうし》たちの未来図《みらいず》

三川《みかわ》みり

角川ビーンズ文庫 BB73-21 18999

平成27年2月1日 初版発行

発行者———堀内大示
発行所———株式会社KADOKAWA
東京都千代田区富士見2-13-3
電話(03)3238-8521(営業)
〒102-8177
http://www.kadokawa.co.jp/
編 集———角川書店
東京都千代田区富士見1-8-19
電話(03)3238-8506(編集部)
〒102-8078
印刷所———暁印刷 製本所———BBC
装幀者———micro fish

ISBN978-4-04-102331-0C0193 定価はカバーに明記してあります。

封鬼花伝
三《み》川《かわ》みり
イラスト／由《ゆ》羅《ら》カイリ
三川みり×由羅カイリが放つ、
王道和風ファンタジー
大好評既刊
❶暁に咲く燐の絵師　❷雪花に輝く仮初めの姫　❸春を恋う咲きそめの乙女
❹飛花薫るうたかたの口づけ
（以下続刊）
角川ビーンズ文庫

第14回
角川ビーンズ小説大賞
原稿募集中!
あなたにしか書けない
物語、待ってます!
賞金 大賞300万円
(ならびに応募原稿出版時の印税)
締切 2015年3月31日(当日消印有効)
発表 2015年12月発表(予定)
審査員 (敬称略、順不同)
由羅カイリ、ビーンズ文庫編集部
★応募の詳細はビーンズ文庫公式HPにて!
http://www.kadokawa.co.jp/beans/
イラスト/カズアキ